ORC HERO STORY
オーク英雄物語
忖度列伝

「あいつら、ずっとあたしを馬鹿にしてきたんだ。半分の半端者だってね」

Primera

プリメラ

ドワーフ族の鍛冶師。ヒューマンである母親と自身の鍛冶の腕を兄姉に認めさせるため、『武神具祭』で優勝を目指している。

Characters

ORC HERO STORY

Donzoi

ドンゾイ

生死不明の状態となっていたバッシュの戦友。現在はドバンガ孔の闘技場で戦わされる奴隷オーク。

「俺にだって、プライドってもんがあるんだぜ？」

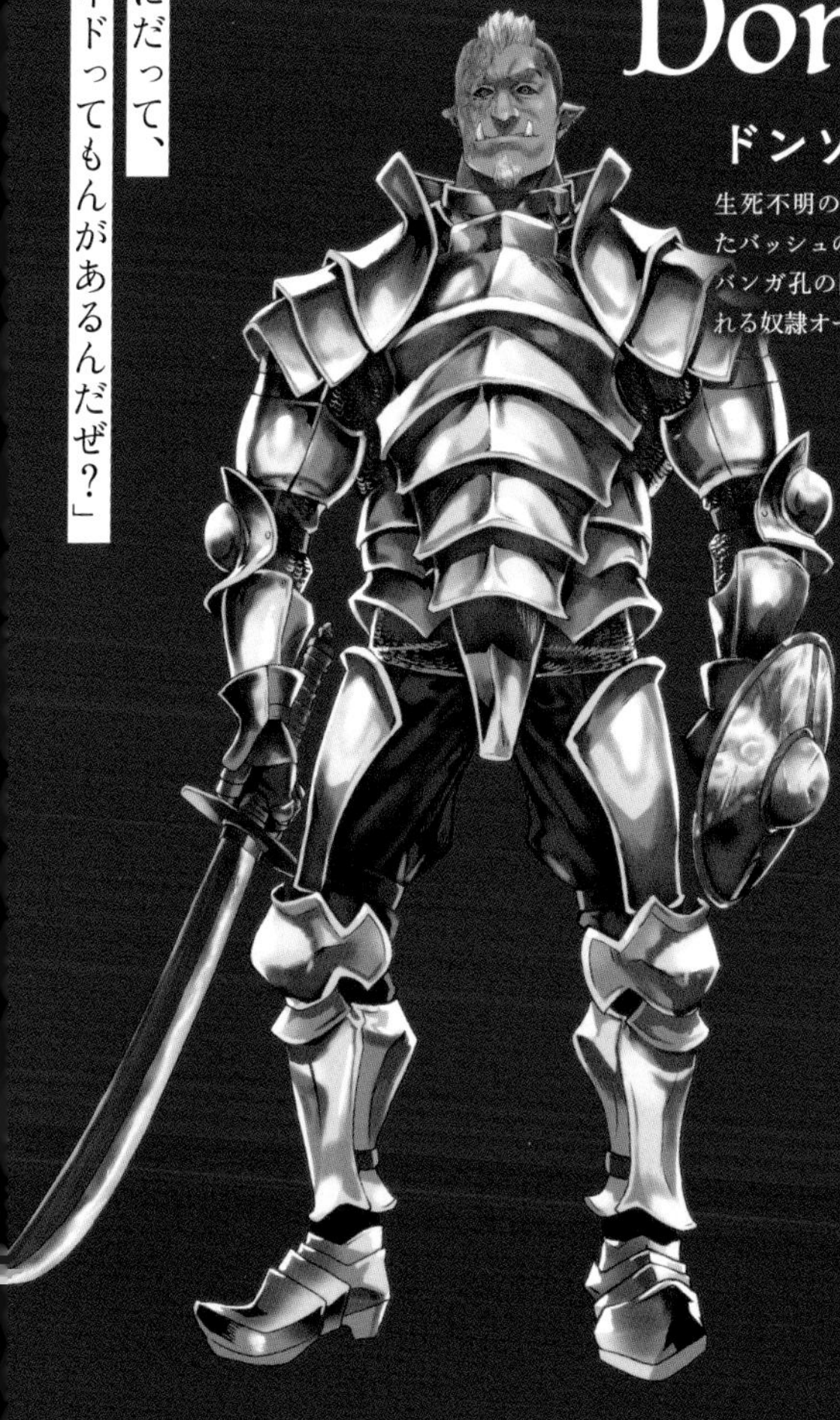

「オークはドワーフの女になんて興味ないって思ってたよ……」
「お前は別だ」
「だよな……あたしは、所詮、半分だもんな……」
「わかったよ……好きにしろよ……」

「まぁ、なんだ！
優勝すれば、考えてやってもいい！」
「考える？　何をだ？」

「馬鹿！
あたしの口から
言わせるつもりかよ！」

ORC HERO STORY 3

CONTENTS

第三章　ドワーフの国　ドバンガ孔編

オーク英雄物語3
忖度列伝

理不尽な孫の手

ファンタジア文庫

3142

口絵・本文イラスト　朝凪

忖度（そんたく）：他人の心情を推《お》し量ること、また、推し量って相手に配慮《はいりょ》すること。

（出典：フリー百科事典『ウィキペディア（Wikipedia）』）

ORC HERO STORY
オーク英雄物語
忖度列伝

3

ORC

第三章

ドワーフの国

Dwarf country

TORY

ドバンガ孔編

Episode Dobanga

HERO

1．プロポーズではない

ドバンガ孔《こう》。

それはシワナシの森を北に抜けたリンド山にある、巨大な縦穴の名前である。

この縦穴は、オーガの凶戦士ググゴラとドワーフの王子ボンゴボンゴが戦った際、そのあまりの衝撃ゆえに火山が爆発してできた、巨大な縦穴である。

爆発によりボンゴボンゴは戦死、戦いはオーガが勝利した。

その後、縦穴はオーガが領地として接収し、オーガの前線基地『リンド要塞』となった。

七種族連合は、その要塞を足がかりに四種族同盟へと侵攻し、多くの戦況で有利に戦ってきた。

だが、そんな要塞もやがて陥落する。

それを成し遂げたのは一人のドワーフの戦士であった。

彼はドワーフの戦士団を率いて正面から要塞を攻略。オーガの将軍《ジェネラル》と一騎打ちに持ち込み、それを打倒。要塞を占拠した。

要塞攻略を成し遂げたドワーフ。

彼の名を、ドラドラドバンガといった。そう、後に『ドワーフの戦鬼』と呼ばれるようになる、ドラドラドバンガである。

その後、縦穴はドラドラドバンガの領地となり、『ドバンガ孔』と名付けられた。


バッシュとゼルは、ドバンガ孔へと続く街道にいた。

「見えてきたっすね」

眼前に広がるリンド山の各所からは、白い煙がモクモクと立ち上っている。まるで山全体が茹《ゆ》で上がっているかのようだ。

無論、自然の光景ではない。ドワーフの町があの山にあるのだ。

ドワーフは、ほぼ全ての住人が鍛冶師であり、一家に一つ、工房がある。山から吹き出す煙は、その工房から出る煙であった。

「懐《なつ》かしいな。よく迷ったものだ」

ドワーフの町は、アリの巣のように入り組んでいる。

山に住み着いたドワーフは、鉱石を掘りまくり、山を穴だらけにするからだ。

各住人が好き勝手に山をくり抜いた結果、町は迷宮となり、要塞と化す。ヒューマンなどは耐久性に不安を持ち、崩落しやしないかとヒヤヒヤするそうだが、ドワーフは建築の匠《たくみ》でもある。実際は地表に建てるヒューマンの家屋よりずっと頑丈であった。

バッシュも何度かこのドバンガ孔での戦闘に参加した。

だが、思い出すのは迷った記憶ばかりだ。

「えっ？　旦那って迷ったことあったんすか⁉」

ゼルの記憶はというと、そうでもない。

バッシュはいつだって迷いなく野営地に帰ってきた。

「ああ、ここでは、いつも迷っていた」

一度入れば三日は出られず、外とも連絡が取れず、散発的に起きる戦闘で部隊は散り散り、はぐれた戦友の生死すらわからない戦場で、戦い続けるしかなかった。

苦しい記憶である。

「へー、いっつも何事もなく戻ってきたから、構造を知り尽くしているんだと思ってたっす！」

「そんなはずがあるまい」

もちろん、バッシュが構造を知り尽くしているわけではない。

迷いに迷い、腹も減り、さすがにこれは厳しいと見ると、バッシュは壁を破壊し、外へと脱出していたのだ。

ドバンガ孔は山である以上、どこにいようと、斜め上に向かって掘り進んでいけば、おのずと外に出ることができた。

ちなみに、それに伴い、激しい崩落を引き起こすこともしばしばだった。

そのため、ドワーフはバッシュのことを『破壊者』と呼んだ。

「最近ではドワーフの町も整備されて、わかりやすい道が用意されてるっすよ！」

「そうなのか？」

「ここに来る前に一度見ただけっすけどね。昔はアリの巣みたいだったのに、居住区と繁華街でハッキリ分かれてて、驚愕《きょうがく》したもんっすよ！　繁華街とかすごいっすよ、酒場がズラッと十軒ぐらい並んでるっす！　で、店が中でつながってて、ドワーフたちは端から店に入って、逆の端から出ていくんすよ！　ハシゴなんてもんじゃないっすよ！」

「それは楽しみだな。いい酒が見つかるといいが」

ドワーフほどではないが、オークも酒好きである。

創造性が皆無で、あらゆるものを他の種族から奪って生活しているとさえ言われているオークだが、酒は自分たちでも作る。ドワーフのそれと比べれば泥水のようなものではあるが、オークはそれを浴びるように飲む。

バッシュはもちろんオークの中のオークだ。当然、酒も嗜《たしな》んでいる。

毎晩、若者に女性遍歴を聞かれるのを恐れつつも、酒場に行く程度には。

ドワーフの酒が飲めるとなれば、期待に胸も膨らもうというものだ。

「嫁の方も見つかるといいっすね」

「……まあな」

しかし、股間の方はというと、膨らみが足りなかった。

「なんか、イマイチ元気ないっすね旦那、どうしたんすか？」

「む、わかるか？」

「あったりまえじゃないっすか！　オレっちがどんだけ旦那のこと見てると思ってるんすか！　旦那の顔色を窺《うかが》うことに関しちゃ、世界一だと自負しているっすよ！　ただ、生憎《あいにく》とオレっちには相手の心を読む術は使えない！　だから旦那の顔は読めても、心の奥底までは読めないんす！　さぁ、何がどうしたんすか？　オレっちに言ってみてほしいっす、大したことじゃなくても、誰かに言うことでスッキリすることはあるっすから！」

「うむ、実はな……」

と、バッシュが内心を語ろうとした時だ。

「お前なぁ！」

「離せ、離せよ！」

不意に、前方から何者かの言い争う声が聞こえてきた。

何事かと視線を向けると、道の先には一本の橋があり、その中央付近では、エルフとドワーフがにらみ合いをしていた。

「うわっ、なんか険悪ムードっすね……」

「仕方あるまい」

エルフとドワーフは仲が悪い。

森を切り開き燃料とするドワーフと、森を愛し森に愛されるエルフは正反対、相容《あいい》れぬ存在なのだ。

「あれ？　でもなんか、争ってるって感じじゃなさそうっすね」

しかし、近づいてみると、少々様子が変であった。

エルフとドワーフが争っているというより、ドワーフ同士のいざこざを、エルフが困惑して見ている、という感じだった。

「だから、そうやって他人の力でどうにかしようとしてる時点でダメなんだよ！」

「それじゃどうしろっていうのさ！　自分の作った剣を自分で持って戦えって⁉　自分は

名のある戦士を雇ったくせに！」

「そうは言ってないだろう！」

　バッシュたちがさらに近づいてみると、様子が明らかになった。

　どうやら、二人のドワーフ女が、言い争いをしているようだった。片方がもう片方の腕を摑《つか》み、ドワーフ国側へと引っ張ろうとしている。

　もう片方はそれに逆らい、犬のように足を踏ん張っていた。

「もっと自分の鍛冶の腕を磨けって言ってるんだ！」

「十分磨いた！　あんたたちよりずっといい武具を打てる自信がある！」

「そういうセリフは、あと千本は剣を打ってから言いな！」

「必要ない！　武神具祭《ぶしんぐさい》で証明してみせる！」

「ああ、もう！　わからない子だね！　今のアンタには無理だって言ってんだよ！」

「そんなことはない！　姉さんが邪魔しなければ、あたしは優勝だってしてみせるさ！」

　腕を摑んでいる方は、筋骨隆々としつつも背丈は低く、団子っ鼻、獰猛《どうもう》な表情でもう片方を威嚇していた。

　顔は横に広く、おでこも広く、口が大きければ、手も大きい。椅子にあぐらをかいて座り、がさつにガハハと笑い出しそうな、典型的なドワーフ女である。

「……」

それを見て、バッシュはがっかりした。

（やはり……ドワーフ女は……）

バッシュがドワーフの国に対し、酒にしか期待を持てない理由。

それがこのドワーフ女の見た目であった。

ドワーフの女が、好みに合わないのだ。

もちろん、おしとやかである必要はない。

だが、見よ、あの風体を。まるで笑う岩石のようではないか。

岩石に欲情するオークが、この世のどこにいるものか。

もちろんバッシュとしては、童貞を捨てることさえできれば、相手など誰でもいい。

ドワーフ女も、見た目はあまり好きではないが、リザードマンやキラービーほどダメというわけではない。

が、バッシュとて男だ。

できれば、見た目が好みの相手で捨てたかった。

「あ？　なんだい、アンタは……オーク？」

と、そんなバッシュの視線を感じたのか、ドワーフ女がバッシュに気づいた。

上げた顔を、あからさまにしかめてくる。

「旅の者だ」

バッシュは淡々とそう言った。

ドワーフの年齢はわかりにくいが、このドワーフ女はさほど年を経ていない。

獰猛な表情こそしているものの、全体的な威圧感はさほど大きくなく、物腰も鋭くない。

歴戦の戦士ではないのだろう。戦争が終わったばかりのご時世に歴戦の戦士ではないとなれば、それは若造を示す。

ただ、腕回りを見る限り、多少なりとも鍛えているのはわかった。

将来有望な若者、といった所か。

「はぐれオークかい？」

「はぐれではない。俺の名はバッシュ。あるものを探して旅をしている。ドワーフの国に入りたい」

「あるもの、ねぇ？」

女ドワーフは、バッシュの顔をまじまじと見た。

そして、ハッと笑い、顎で道の先を示した。

「……じゃ、勝手に通りなよ」

「なんだと⁉」

と、驚きの声を上げたのは、エルフの警備兵だ。

美しい女性である。

エルフらしい細身でありながらも腰にはくびれがあり、尻も女性らしい丸みを帯びている。

金髪を三つ編みに結っており、そこはかとなく花の香りがしている。どうやら既婚者なのか、頭に白い花が飾られているのが残念な所だ。

そんな彼女は、バッシュを見て、三歩ほど後ろに下がっていた。

どうやらこのエルフ、オークとの戦いに赴いたことがある者らしく、バッシュを見て顔を引きつらせていた。

顔も美しく、怯《おび》えた顔もソソる。抱きしめれば、きっといいにおいがして、手触りも最高だろう。

「オークだぞ⁉　いいのか⁉　そんな簡単に通して！」

「構わない……ってアタシが決めることじゃあないけどね、そもそもドワーフはアンタらエルフと違って、別に入国に制限を設けてるわけじゃないんだ。指名手配されてるようなよっぽどの悪人じゃなきゃ、誰だって歓迎さ。それともアンタ、指名手配されるような輩《やから》なのかい？　ドワーフの国で悪事でも働こうって？」

と、ドワーフ女に質問され、バッシュは首を横に振る。

「違う」

「ならいいさ。好きなだけ、ウチの国で探しものをするといい」

「そんな……お前は……オークがどういう種族か知らないのか……？」

エルフが戦慄の表情でそう言うと、ドワーフ女はまたハッと笑った。

「知ってるさ。オークはね、ドワーフ女になんざコレっぽっちも興味がねえのさ。現にその旦那も、アタシじゃなくてアンタばっかり見ている」

「っ！」

エルフの兵は己の体を掻《か》き抱き、一歩後ろへと引いた。

バッシュはゆっくりと、彼女から目を離した。

確かに、このエルフも美しい女性だった。目が行ってしまうのも、仕方ないことなのである。

対するドワーフ女はというと、やはり岩石のようだ。

見ていてソソられることはない。抱きしめても、そのまま力比べになるだけだろう。

あるいは戦場で戦士として相まみえたのであれば、尋常な勝負となるかもしれないが、その勝負の後に嫁として連れ帰りたいとは思わない。

「オークの旦那が、大好きなエルフだらけの町からやってきて、ドワーフの国に入りたいってんだ。何かよっぽど大事なものを探し求めてるんだろうよ。エルフの国で女漁《あさ》りをするより、よっぽど大事な、な」

「……まあ、な」

言うまでもないことであるが、バッシュの目的は女漁りである。

嫁を見つけ、童貞を捨てる、そのために旅をしている。

正直な所、それならエルフの方がいい。

ただ、このあたりで唯一エルフが生息しているシワナシの森の町において、この町では目的達成が不可能であると聞いたから、ドワーフの国へとやってきたのだ。

ドワーフの国のドバンガ孔では、エルフの国と似たようなことが起こっているという。

エルフの国では、婚活ブームだった。ドワーフの国でもそうなのであれば、チャンスはある、と。

そんな唯一の情報を頼りに来てみたものの、やはり実際に目にするドワーフは、決して好みとは言い難《がた》かった。

とはいえ、バッシュも長い戦争を生き抜いた男だ。

永遠とも言える戦いの中には、ドワーフとの戦いもあった。

その経験から、ドワーフの中にもオーク基準で言う所の美人がいることを知っている。

それはヒューマンやエルフと比べれば数段落ちるし、絶対数も少ないかもしれない。だが、バッシュの好みの女性も必ずいるはずだ。

その女性が手に入るとは思えない。だがチャンスはある。

だから、期待はせずとも行こうとしているのだ。その僅かなチャンスを求めて。

「さっさと通りなよ。こっちは取り込み中なんだ」

「そうさせてもらう」

バッシュはそう言いつつ、彼女の脇を通り過ぎようとした。

そこでふと、先程から彼女が摑んでいる相手の顔を見た。

(む！)

美しかった。

髪の色こそドワーフ特有の癖のある赤毛で、眉毛も太めだが、その顔立ちは隣の女とは似ても似つかない。

美しい曲線を描く鼻梁《びりょう》、澄んだ青い目。細いとまでは言えないが、それでも丸みを帯び、ヒューマンのようなスラリとした印象を受ける手足……。

ドワーフにしてはやや背が高く、胸も大きい。

まさに美少女と言うにふさわしい、バッシュにとってどストライクな少女だった。

（まさか、ドワーフにこれほどの女がいるとは！）

バッシュは足を止めた。

ドワーフの国でどんなブームが起きているのかはわからない。正直な所、期待はしていなかった。

だが、これほどの女がいるのであれば、話は別だ。

早速、アタックを掛けるべく、バッシュは頭を回転させる。

（確か、エルフの時には……）

記憶を手繰り、口説くための行動を考える。

ヒューマンの国では、体を清潔にし、ミステリアスに、かつ男らしさを見せた。

エルフの国では、金ピカネックレスで富を示し、エルフの服装でプロポーズをした。

どちらも失敗に終わったが、方法としては間違っていなかったはずだ。

ドワーフの国では、どうなのか。どういう作法があるのか……。

（しまった、こんなことなら、ゼルに予め聞いておけばよかったか……）

まさか、入り口にこれほどの美女がいるとは思っていなかったため、情報収集を怠った。

（思えば、情報収集を怠った時はロクなことがなかった。戦友であるドンゾイが戦死したのもそうだった。このドバンガ孔で、やはり情報収集が足りず、戦場ではぐれ、そのまま奴《やつ》は帰ってこなかった……。それだけではない、あれはザリコ平地での戦い、あそこでも――）

バッシュが難しい顔で悩んでいると、

「なぁ！　そこのあんた！　戦士だろ⁉　それも、さぞ名のある戦士と見た！」

少女が叫んだ。

バッシュを見て、必死な形相で。

「そうだ、それがどうした？」

聞かれるがまま答えるバッシュに、少女の顔がパッと花開く。

そして口にする。

運命の言葉を、バッシュが予想もしなかった、しかしずっと聞きたかった言葉を、可憐《かれん》な声に乗せて……。

そう、それは、

「あたしの闘士になってくれ！」

プロポーズだった。

2. 少女の屈辱

ドバンガ孔《こう》は、バッシュが最後に見た時と、様相を変えていた。

まず目に飛び込んできたのは、入り口だ。

大きく口を空けた、巨大なトンネルが出来ていたのだ。

高さにして三階建ての城ほど、横幅は馬車が三台ゆうゆうとすれ違えるほど。

そんなトンネルがポッカリと口を空けており、穴の奥まで続いているのだ。

さながら、これがドワーフの町の大通りだとでも言わんばかりに。

「……ゼルから聞いていたが、ドワーフは随分と開放的になったのだな」

ドワーフは閉鎖的な種族。

少なくとも、他の種族からはそう思われている。

暗い洞窟と金貨を好み、日がな自前の工房に籠もってなにかを作り、たまに出かけたと思えば酒、酒、喧嘩《けんか》。エルフと違って排他的でこそないが、ぶっきらぼうで、頑固で、気遣いはおろか説明もしない。自分たちが良ければそれで良し。当然、町に大きな入り口を作り、外部からの来訪者を歓迎するようなこともしない。

そんな種族だと。

「開放的？　何言ってんのさ？」

答えたのは、先程摑《つか》まれていた少女だ。

彼女は、引き留めようとするドワーフ女から逃げるように、ここにバッシュを連れてきた。

「このトンネルだ」

「このトンネルがどうかしたっての？」

「どう、と言われてもな……」

言いあぐねたバッシュの言葉を引き継ぐように、脇のフェアリーがわめき出す。

「いやいや、まさにこのトンネル、実に『ウェルカム！』って感じじゃないっすか！　今までのドワーフの町って、どこが町の入り口なんだかわかんない所ありましたっすからね！　これだけ大口あけて待ち構えててもらえるんだったら、オレっちじゃなくたって誘われて中に入っちゃうっすよ！」

「ああ、あれね……あれは別にドワーフが作ったわけじゃないよ。戦争が終わるちょっと前の戦闘で、デーモンが無茶しやがったのさ」

「あ、聞いたことあるっす！　『ドバンガ孔の魔神砲《まじんほう》』！」

それは、バッシュたちオークが、シワナシの森を防衛していた頃。

このドバンガ孔でもまた、激戦が繰り広げられていた。

オーガとハーピーの混成軍を引き連れたデーモンの将軍が、ドバンガ孔を取り返そうと猛攻撃を仕掛けたのだ。

兵力は乏しく、補給は途絶え、勝利など望めない中での攻勢……。

誰が見ても無謀な突撃であった。

だが、デーモンの将軍には秘策があった。

『魔神砲』と呼ばれる兵器だ。

レミアム高地の決戦にて使われるはずだったそれは、デーモン王ゲディグズの死によって持ち越され、ドバンガ孔で使われることとなった。

魔神砲は特異な決戦兵器だ。

砲弾となるのは人の魂。砲の背部に設置された祭壇に生贄《いけにえ》を捧《ささ》げれば捧げるほど、その威力を増す。最大まで充填された魔神砲は、まさに決戦兵器と呼ぶにふさわしいだけの威力を持つ。決して低くない山にトンネルを空けるほどに。

結論から言えば、その一発がまともにドワーフ軍に当たっていれば、ドバンガ孔は現在、ドワーフ族のものではなかったかもしれない。

あるいは、戦争はもう少し続いており、バッシュは童貞を捨てていたかもしれない。いや、それはないか。

ともあれ、すでに魔神砲が使われるという情報を得ていたドワーフ軍は、あっさりと要塞を放棄し、後退。

魔神砲の一撃をなんなく回避した後、攻勢に出て、デーモンの将軍を討ち取った。

ドワーフらしからぬ、賢明な選択であったと、そう言う者もいる。

喧嘩となれば逃げず、分厚い鎧《よろい》と重い剣で真正面からぶち当たっていくのがドワーフだ。

彼らにとって、回避というのは臆病者の証《あかし》なのだ。

だが、ドワーフは同時に技術者でもあった。

リークされた情報から、魔神砲がどういった技術とコンセプトで作られ、どれだけの威力を持っているのかをシミュレートすることも、それがドワーフの持ついかなる装甲でも、それに耐えられないと知るのも、そう難しくなかった。

知ってなお挑むほど、彼らは愚か者ではなかった。

かくしてドワーフは戦闘に勝利し、巨大な横穴の空いたドバンガ孔を、なんとも言えない表情で見上げることとなった。

ドワーフは山を穴だらけにしつつも、決して崩落させない。

そんなプライドを礎《いしずえ》に、魔神砲で空けられた穴も補強し、綺麗《きれい》に整え、町とした。

大通りが一本ある町というのは、ドワーフたちからすると落ち着かないものであったが、他種族には概《おおむ》ね好評だった。

「ほら、こっちだよ。ついてきな」

そうして出来た大通りは、活気にあふれていた。

ドワーフが鉄を打つ音をバックに、様々な種族が歩きまわっている。

特に多いのはドワーフとビースト族。

ヒューマンは少なめで、エルフの姿はあまり見ない。

特筆すべきはそれだけでなく、リザードマンやキラービーといった、七種族連合の種族の姿も見えることか。

「む」

と、バッシュの目が、ひときわ大きな男を捉えた。

赤黒い肌に、三メートル以上の巨大な背丈、身の丈に合った岩のような筋肉に、ハンマーのような顎。

「オーガまでいるのか」

見覚えがあった。

あれはそう、レミアム高地の決戦で一緒に戦った戦士だった。

名はそう、ゴルゴル。

『鉄の巨人』の異名で知られる男だ。

「ああ、もうすぐ武神具祭だからね。それも、今年のは今までになく規模がでかい。親方たちも本気で、各国から猛者《もさ》を集めてんのさ」

「なるほど」

バッシュは、その武神具祭というものがどういった祭りなのかはわからなかった。

だが、祭りの経験はあった。

デーモン王ゲディグズが健在な頃は、毎年のように祭りが行われていた。

オークの祭りは、各氏族長が集まり、宴《うたげ》を行う。そして、その場で各氏族の戦士が選出され、誰が一番屈強かを競うのだ。殴り合いで。

祭りの際には他種族の者も大勢来ていた。

彼らは殴り合いには参加しなかったが……まぁ、武神具祭も似たようなものなのだろう。

「こっちがあたしの家だ」

少女は路地の一つを曲がった。

その先は薄暗く、入り組んでいるのが見て取れた。曲がりくねった道と坂と階段と分かれ道。バッシュのよく知る、ドワーフの町並みだ。

歩くにつれ、喧騒《けんそう》が遠くなっていく。

代わりに、鉄を打つ音がそこかしこから聞こえてくるようになってきた。

無論バッシュはそんな音など気にしない。先を行く少女の頭のてっぺんを見ながら、心が躍っていた。

ドワーフの中にも美しい者はいる。

この少女はバッシュの目から見ても十分に美しい。

ブリーズに「ドワーフの町に行け」と言われた時は、さしたる期待などしていなかった。

だが、期待以上だ。

『あたしの闘士になってくれ』

しかも、いきなりプロポーズまでされるとは思ってもみなかった。

さすがは情報通のヒューマンといった所か。

『息根止め』の異名は伊達《だて》ではない。期待しないでいた自分が恥ずかしい。

(ゼル。ここに来て良かったたな)

(そうっすね！　まさかこんなに早く見つかって、しかも向こうから近づいてくるなんて、旦那ならすぐに見つかるとは思ってたっすけど、これほどあっさりだと拍子抜けっすね)

（そんなものだ。戦いに勝つ時というのはな）

（それにしても、これでこの旅も終わりっすか……オレっち、もっと旦那と旅をしていたかったっす）

（フッ、俺もだ）

小声でそんな話をしつつ、バッシュとゼルは少女についていく。

「ここだ」

少女は、路地の奥にある、一つの扉へと入っていった。

ドワーフサイズの、小さな扉だ。バッシュは身をかがめ、その中へと入り込んだ。

「狭いかもしれないけど、ま、適当に寛《くつろ》いでくれ」

そこは、小さいながらもしっかりとした鍛冶場だった。

ハンマー、ハーディログ、金床……。

炉の火こそ消えているものの、どの道具も使い込まれているのがわかった。

よく見れば、彼女の手も、指にはタコがあり、爪は黒く染まっていた。

彼女は、この工房の主《あるじ》……鍛冶師なのだろう。

あるいはヒューマンにとって、そうした細々とした部分の汚さのようなものは、マイナス評価に繋《つな》がるかもしれない。

無論、バッシュにとっては些末《さまつ》なことだ。

「ふぅ……遠出をするつもりの荷物だったけど、無駄になったね」

少女は背負った荷物を置くと、外套《がいとう》を脱ぎ捨てた。

下から出てきたのは、ドワーフ族特有の、肩が大きく露出した革の服。

火に耐性を持ち、鍛冶を生業《なりわい》とするドワーフたちは、袖のある衣類は身に着けない。

つまり、バッシュの目に、少女の白い肩が飛び込んでくることとなった。

鍛冶師らしく、そこかしこが煤《すす》で汚れていたり、火傷の痕もあったが、バッシュにとっては美しくも艶《なま》めかしい白い肌だ。

「！」

思えば、女の肌を見るのは、ヒューマンの国でジュディスのあられもない姿を見て以来である。

しかもジュディスの時と違い、この少女は自分から衣類を脱いだのだ。

それはつまり、そういうことなのだろう。

「わっ！」

バッシュは少女の肩を両手で摑んだ。

そういうことなのであれば、バッシュも遠慮するつもりはなかった。

やや筋肉質ながらも、柔らかくてすべすべのお肌に、バッシュのボルテージはマックス。

これで魔法戦士の恐怖ともおさらば。

感慨深さと感動がないまぜになり、バッシュを昂《たか》ぶらせる。

「えっ⁉　な、なにさ突然⁉」

対する少女は戸惑いの表情。

バッシュは止まらない、少女の服に手を掛ける。

「えっ、ま、まって、えっ⁉　なに服に手かけてんだよ⁉　やめろよ！」

少女はバッシュの手を摑《つか》んだ。

本気の力だった。

バッシュからすると、弱々しい力だったが、拒絶しているのは感じ取れるぐらいには。

「む、ダメか？」

「ダメかって……何の話だ⁉　ダメに決まってるだろ⁉」

どうやら、ダメであるようだ。

しかし、バッシュとしても、もはや収まりがつかない所にきている。

引き下がりたくはない。戦いというものは、劣勢であっても、勝負を仕掛けなければいけない時がある。それが今だ。なにせ彼女はバッシュにプロポーズをし、バッシュはそれに了承したのだから。

　次にあるのは交尾だ。

　長年の悩みに、終止符を打つ時がきたのだ。

「しかし、お前は俺に闘士になって欲しいといった。俺はそれに了承した。そうだな？」

「え……」

　その返事に、少女はしばらく、呆然《ぼうぜん》とした顔をしていた。

　だが、目の前の鼻息を荒くし、自分に覆いかぶさっているオークを見て、徐々に状況が理解できた。

「ハッ、そ、そういうことかよ……最初からそのつもりだったのか……」

「ああ」

　そのつもりだった。

　そう言われ、バッシュは即答した。

　もちろん、そのために旅をしてきたのだ。

「はは、馬鹿だな、あたし……」

　少女の目から、ポロポロと涙がこぼれ落ちた。

「オークはドワーフの女になんて興味ないって思ってたよ……」

「お前は別だ」

「だよな……あたしは、所詮、半分だもんな……」

少女はバッシュから顔を背け、目をギュッと瞑《つぶ》った。

「わかったよ……好きにしろよ……でも、その代わり、闘士として戦ってくれるって約束は守れよな……」

瞑った目からも涙がポタポタとこぼれ落ち、床を濡《ぬ》らした。

「……」

好きにしろと言っている。合意を得ているとも言える。

しかしながら、嫌そうに顔を背け、目からは涙が流れている。

オークは滅多に涙など流さないが、それでも人がどういった時に泣くかは知っている。

はたしてこれは本当に大丈夫なのだろうか。

判断しきれないバッシュは、ゼルを仰ぎ見た。

「……」

ゼルは数秒ほど迷ったが、やがて頭の上で腕を大きくクロスさせた。

バツだ。

（やはりそうか）

　バッシュは落胆しつつ、手を離した。

「すまない、俺の勘違いだった」

「えっ」

　少女は唐突に解放され、戸惑いの目でバッシュを見上げた。

「ど、どういうことだ？」

「他種族との合意なき性行為は、オークキングの名において固く禁じられている。合意を得たと思って舞い上がった。許せ」

「いや……まぁ、謝ってくれんなら、別にいいけど……オークでも、女を前にして、止まれるんだな……いや、あたしが半分だからか……？」

　とはいえ、バッシュにも旅の目的というものがある。

　眼《め》の前の少女は美しい。

　そして、時として戦士には、不利とわかっていても勝負を仕掛けねばならない時がある。

「改めて聞こう。俺の子供を産まないか？」

　オークの一般的なプロポーズである。

　が、もちろん少女は顔を真っ赤にし、怒鳴るように言い返してきた。

「産まねえよ、そんなもの！」

「そうか」

断られたが、バッシュは気にしない。

予想できていたことだ。

ヒューマンの国でも、エルフの国でも、入念な準備をしたにも関わらず、プロポーズに失敗した。

なら、何の準備もしていないこのプロポーズが失敗するのも道理である。

当然、プロポーズされたと思ったのも、何かの間違いだったのだろう。

「では、失礼する」

しかし、ここはドワーフの国だ。

ドワーフの国には、ヒューマンやエルフとは違う大きな特徴がある。

この国は、一夫多妻制なのだ。エルフと違い、どれだけ多くの女に声を掛けても、それが原因で他の女への脈が消えるわけではない。

なら、また別の女を探すだけである。

ドワーフ女が相手ということもあり、気は乗らないが……。

しかし、ブリーズの言葉もある。ここなら何かしらの結果が得られるはずだ。

「ま、まってくれ！」

バッシュは足を止めた。

期待はしていない。バッシュはあまり頭の良い方ではないが、それでも優秀な戦士だ。優秀な戦士は、同じ轍《てつ》は踏まない。

「こっちも改めて頼む。あたしの闘士になって欲しい」

そう言われ、バッシュは難しい顔をした。

闘士と嫁が違うものだというのは理解した。

なら、つまり闘士というのは一体どういう意味なのか……。

「そもそも……闘士というのは、どういう意味なんすか？」

それを聞いたのはゼルであった。

バッシュの知りたいことを聞く。まさに空気を読むことに長《た》けたゼルにしかできない早業である。

「あ、そこからなのか……」

少女は何かに納得いったように頷《うなず》くと、立ち上がり、バッシュの視線にやや目を泳がせ、泳がせた先で外套を見つけると、それを羽織った。

「じゃあ、一から説明するな」

そして、説明を始めた。

◆

ドワーフの国、ドバンガ孔では一年に一度『武神具祭』という大会が開催される。

この大会は、武人の栄誉と、武具への感謝を祀《まつ》るもので、基本的には普通の武道会と変わりはない。

形式はトーナメント。

参加者は一対一の戦いを繰り返し、最後に残った者が勝者となる。

特筆すべきは、この大会は『武具への感謝を祀る』という意味が込められているという部分か。

戦士たちは、必ず武具を身に着けて戦う。

それも、一人の鍛冶師の手によって作られた武具をだ。

戦士が死亡か、戦意喪失すればもちろん敗北となるが、身に着けた武器か防具が破壊されても敗北となる。

この大会が始まった当初は、ドワーフが武具を作り、自らがそれを身に着けて戦う祭りであった。しかしながら、戦争が進むにつれてドワーフの中でも、鍛冶を専門とする者と、戦いを専門とする者に分かれる傾向が強くなってきた。

ゆえに、いつしか大会は二人一組で参加することが通例となっていった。

もちろん、鍛冶師と戦士を兼任するドワーフであれば、一人で参加することもできる。

かの戦鬼ドラドラドバンガもその一人である。

彼は常に一人で参加。十連続この大会で優勝し、殿堂入りを果たしている。

一人の戦士に、一人の鍛冶師。

鍛冶師は壊れない武具を作り、戦士はそれを以《もっ》て勝利する。

鍛冶師の誇りと戦士の誇り、二つを尊ぶ大会。

これに優勝することは、鍛冶師にとってこれ以上ないほどの名誉である。

当然、優勝すれば、その鍛冶師を半人前などと嘲る者はただの一人としていなくなるだろう。

「それで、あたしも参加しようと思ってたんだ……けど、あいつらが……」

「あいつら？」

「姉貴たちだよ。あいつら、国中の武人に手を回しやがったんだ。あたしの戦士にならないようにって」

「……なぜそんなことを？」

「怖いのさ。あたしに負けるのが」

少女はそう言って、両手を広げた。

体の割に大きな胸がふるりと揺れて、バッシュの心もふるりと揺れる。

諦めるには、あまりに惜しい胸であった。

「あいつら、ずっとあたしを馬鹿にしてきたんだ。半分の半端者《はんぱ》だってね」

「半分の半端者？　お前がか？」

「ああ、ま、見ての通り、あたしの母はヒューマン。ハーフヒューマンって奴《やつ》さ」

見ての通りと言われ、バッシュは改めてマジマジと少女を見た。

確かに彼女は、ドワーフ族の女にしては美しすぎた。体つきにしても、ドワーフとは思えないほどに細い。かといって、髪の色など、ドワーフ的な特徴が出ている。なるほど、ヒューマンとドワーフの間の子であれば、バッシュが心惹《ひ》かれるのも道理だ。

「あいつらは言うのさ。ドワーフとヒューマンの間の子が、鍛冶なんてまともにできるわけがないってね」

「そうなのか？」

純粋な疑問だった。

大抵のオークは、そもそも母の存在を知らずに育つのだ。

母親が高い魔力を持っていた場合、いわゆる色付きのオークが生まれる。

色付きのオークは、普通のグリーンオークよりも高い能力を持っていることが多いため、母親は重要だとは言われる。だが、逆に母親が悪いから出来損ないの戦士が生まれるという話は聞いたことがなかった。

「そんなわけない！　要するにあいつらは、あたしと、あたしの母さんを馬鹿にしてんのさ！」

少女は拳でテーブルをドンと叩《たた》いた。

テーブルはガタついた脚《あし》を震わせ、上にあったものをカタカタと震わせた。

しかし、それでバッシュとしてもなんとなく話が見えてきた。

要するに、目の前の少女は馬鹿にされた復讐《ふくしゅう》をしたいのだろう。

オーク社会においても、侮辱されたら、言い返すか殴り返すかしなければならない。

それすらできないオークは、オークではない。ただの腰抜けだ。

「ならば、思い知らせてやらねばならんな」

「ああ、そうとも！　だからあたしは武神具祭に出ようとした！　馬鹿にしていたあたしが優勝したら……そうでなくとも、あいつらの打った武具を身に着けた闘士の一人でも倒したら見返せるって思ってね！　実際、あいつらはあたしになんて負けたら大恥さ……でも、だからって、出場できないように、邪魔するのはひどいだろ！」

少女は目の端に涙をためていた。よほど屈辱だったのだろう。

「ならば、自分で出場すればよかろう」

「ハッ、この腕でかい?」

少女は、腕を持ち上げ、力こぶを作ってみせた。

ヒューマンにしてはやや太いが、しかしドワーフから見れば枯れ枝のような腕だ。

「顔と体つきに関しちゃ、母さんの血を色濃く受け継いだからね。戦士としてはやってけないのさ」

「そうか」

「でも、鍛冶に関しては、努力してきたつもりだし、才能もある。だから、あたしは国の外に戦士を求めようとした。あいつらはこの町では権力を持ってるけど、国の外にまでは及ばない。でもあいつらは、それすら許せないらしくて、国境まで追いかけてきてあたしを捕まえたんだ、国外になんて行かせないってね……で、そこにあんたが来た」

「なるほどな」

少女はバッシュに強い視線を送った。

「力を貸してほしい。あたしは優勝して、半端者じゃないって所を……母さんの血が悪いわけじゃないって所を、思い知らせてやりたいんだ」

バッシュは理解した。

彼女は復讐を望んでいる。

鍛冶の力が半端ではないと証明したいと願っている。そのため、敵の息が掛かっていない戦士を探し求めている。

まさに、バッシュは適任だろう。

しかし、バッシュのプロポーズを受けるつもりはない。

性交だけなら可能かもしれないが、恐らく合意なき性交になりうるため、NG。

となれば結論はすぐに出た。

「すまんが、力にはなれん。俺には探しものがある」

バッシュも物見遊山《ものみゆさん》でこんな所に来ているわけではない。

目的のない旅であれば、力を貸すのはやぶさかではないが、そうではない。欲しいものがあり、時間にも限りがある。

欲しいものというか、欲しくもないものを捨てたいと言い換えることもできるが……ともあれ、眼《め》の前の少女に振られた以上、別の相手を探さなければならない。

せめて、振られる前であれば、プロポーズの成功率を上げるため、彼女の好感度を上げるため、手を貸すのもやぶさかではなかったのだが、もう遅い。

「そっ……か。ま、そうだよな……」

少女は落胆を隠せない様子だった。

だが、仕方がないのだ。バッシュとて、暇ではないのだから。

「ではな」

バッシュはそう言うと、うなだれた少女を尻目に、家から外へと出た。

そのまま振り返らず、大通りへの道を歩いていく。

少女は美しかった。惜しい相手ではあった。だが、振られたら潔《いさぎよ》く諦めて次の女に行くのがマナーだ。しつこく迫ったら、合意なき交尾になってしまいかねない。

ダメだと言われた以上、諦めなければならないのだ。

そして時は有限。

バッシュが戦士でいられる時間は、そう長くはない。

いつまでも敗北を引きずり、時間を無駄に過ごすわけにはいかない。

「残念だったっすね」

「そうだな」

「でも、ブリーズがここに行けと言ったのには、きっと理由があるっす！　頑張って良さそうな相手を探すっすよ！　いつもどおり、まずは宿を見つけて、そこで作戦会議っす！」

「了解した」

バッシュとゼルは頷《うなず》きあうと、大通りへの道を戻っていくのであった。

3．女を手に入れる、最もシンプルな方法

「あの女もいいな」

「オッケー！　名前から聞いてくるっす！」

翌日、バッシュたちはドバンガ孔《こう》の大通りにて、ガールハントに精を出していた。

ガールハントといっても、かつてオークが日常的に行っていた女狩りではない。

バッシュが「この子ならイケる」と思った女を見つけ、ゼルが名前を聞きに行く。

ついでに既婚であったりとか、ドワーフの国に在住しているかなども聞いていた。

ゼルはそれを手にした紙にメモしていく。

すなわち情報収集である。

思えば、前回の失敗の原因は、情報の少なさが原因であった。

どうあがいても手の届かない相手にプロポーズしてしまった。

サンダーソニアは高嶺《たかね》の花すぎたのだ。

しかしながら、他のエルフ女であれば、例えばブリーズが手に入れたような一般兵士であれば、あるいはバッシュのプロポーズを受けていたかもしれない。

手の届く相手を見極める。

その上でドワーフの流儀に沿ったプロポーズをし、嫁をゲットする。

それが、今回の作戦であった。

「聞いてきたっす。名前はポリーン。独身。酒場で働いてる平民っす。イケるっすよ！　でも、旦那はもっとレベルの高い女を狙ってもいいいと思うっすけど」

「いや、まずは一人手に入れるのが先決だ！」

「そっすね！　何事も確実に！　さて、リストの方もだいぶ埋まってきたっすね。じゃあ、次はこの女たちをどうやって落とすのか、考えるっすよ！」

「ああ！」

名前を集め、情報を集め、作戦を考える。

ドワーフ女がどういった男を好むのか、オークでも大丈夫なのか。

少なくとも、ヒューマンの国で感じたようなあからさまな敵意や畏れといったものは感じられない。

だが、油断は禁物だ。

状況をハッキリとさせた上で、確実な戦略に進む必要がある。

バッシュとゼルは歴戦の戦士なのだ。

二度までは土を舐《な》めても、三度目はない。

「そうだな……ん？」

と、その時、バッシュの耳に聞き慣れた音が響いた。

大勢が同時に声を上げた時の、何かが湧き上がるような、地響きのような音。

戦争中、毎日のように聞いた音。

「どうしたんすか？　また別の気になる女でも？」

「いや、歓声が聞こえる」

「ああ、コロシアムが近くにあるらしいっすね！　ちょっと見に行ってみるっすか？」

「ふむ……そうだな」

バッシュはそう言うと、歓声の上がる先に足を向けた。


コロシアムはすぐに見つかった。

大通りの先、山のちょうど中心部と言うべき場所に、それはあった。

遠目には、壁のように見えた。だが、近づいてみると、それは円形の建物であるとわかった。

見上げると、天井にはポッカリと穴が空いており、空から光が降り注いでいた。

ドワーフらしい、堅固な石造りの闘技場が、大通りのちょうど中央にあるのだ。

歓声は、まさにその中から聞こえてきた。

それだけではない。バッシュにとっては聞き慣れた剣戟《けんげき》の音までもが響いてきていた。

「盛況みたいっすね」

「そのようだな」

試合を見るためか、多くの人間が闘技場の入り口を出入りしていた。

「あ、入場料が必要みたいっすね」

「問題ない。シワナシの森で手に入れた金がある」

二人がそんな話をしながら、中へと入ろうとした時、

「ん？」

ふと、バッシュはあるものが目についた。

それは闘技場の壁際《かべぎわ》に座っている者たちだった。

彼らは、バッシュから見ても見馴れた男たちだった。

オークだ。なぜか、オークが闘技場の壁際に座っていた。それも手足に枷《かせ》を付けて。

「ありゃ、オークっすね。どうしたんでしょうか」

「さてな……」

「はぐれっすかね」

「恐らくな」

バッシュはそう言うも、当然ながら全てのオークの顔を把握しているわけではない。

さすがに、戦後の三年を共にした者たちの顔と名前は一致しているが、はぐれオークに関しては、和平が結ばれて以後、かなりの数が流出したため、曖昧だ。

要するに、誰が戦争で死んだのか、誰がはぐれオークとなって里を出ていったのか、判別がついていないのだ。

バッシュは彼らの顔を知らない。

どことなく、一度見たことがあるような気はするので、どこかの戦線で一緒だったはずだ。となれば、戦後すぐにオーク国を出奔した者たちなのだろう。

ああして奴隷になっている所を見ると、ドワーフの国に来て暴れ、あえなく捕まったということだろうか。

捕虜であれば助け出す所だが、はぐれオークはオークではない。

奴隷は彼らにふさわしい末路であろう。

「行くぞ」

バッシュは彼らから視線を切ると、闘技場の中へと足を踏み入れた。

◆

闘技場は熱狂に包まれていた。

闘技場で戦っているのは、三人の闘士と、一匹の魔獣だった。

マンティコア。遥か北東の森林に生息する魔獣で、虎のような体は赤く、頭は人のようにも見えるが、決して人の言葉を発することはない。

尻尾はウニのように尖《とが》った針で覆われており、この針からは猛毒が分泌されている。

刺されればオーガですら一瞬で昏倒《こんとう》し、死に至るほどの猛毒だ。

オークのように毒に耐性のある種族なら泡を吹いて気絶するぐらいで済むが、気絶した所をマンティコアに食い殺されるため、結局は同じことだ。

オークの生息域からは遠く離れた場所に生息する生物であるが、バッシュは何度か戦ったことがあった。

バッシュがその場に到着するまでに、六人のオーク戦士が犠牲になった。

それほど、マンティコアは危険な魔獣だ。

闘技場の中では、すでに二人の闘士が泡を吹いて倒れていた。

五人中二人がやられたとなれば、戦線は崩壊寸前、もはや勝ち目は薄そうに見えた。

が、よくよく見れば、マンティコアの右目は潰れ、足には鎖が巻き付いている。

残りの三人は、二人がマンティコアの左側へと回り、一人が右側へと回り込んでいる。

左側の二人が圧力を掛け、マンティコアの注意がそれた所を、右側の一人が的確に攻撃を加え、ダメージを与えている。

互角の戦いだ。

五人の中にマンティコアとの戦い方を熟知している者がいたのだろう。

「足と視界を奪って、着実にダメージを与える。悪くないっすね」

「そうだな。右側に回り込んでいる男は腕がいい。あれならいずれ倒せるだろう」

バッシュの言葉通り、しばらくすると右側の男がマンティコアの脇の下あたりに、深々と剣を突き刺した。

急所への致命的な一撃。

マンティコアはしばらく尻尾を振り回していたが、やがて盛大に血を吐き、力なく倒れた。

まばらに拍手が起こる。

巧みな魔獣退治だったが、見物客からすると、興奮にやや欠けるようだった。

見世物としては、中の下といった所なのだろう。バッシュとしても、見ていて面白いものではない。所詮は大人数による狩りと一緒である。日常的にやっていることを見ていて、楽しいわけもない。

「お、次は、人間同士の戦いみたいっすね」

マンティコアと倒れていた闘士が片付けられ、また別の鎧姿《よろい》の男が出てくる。

やはり顔はわからないが、体つきは十分に鍛えられているのがわかる。

しかし、バッシュとゼルが気になったのは、もっと別の所だった。

「ねぇ、旦那、あれって……」

「……」

闘士たちの肌は、緑色だった。

そう、まさにバッシュと同じような。

「グラーォ！」

「グラー！」

気の抜けたウォークライ。

だが、決闘を前にして、こうしてウォークライを行う種族など、一つしかない。

オークだ。

「お、オーク同士の決闘だぜ！」

「見応えはあるよな！」

見間違えかと思ったが、隣の観客もそう言っている。

なぜか、オーク同士が戦っていた。

剣と盾を手に、カンカンと打ち合っていた。

一見すると互角の、白熱した戦い。観客も、どちらかの攻撃が決まる度に叫び、徐々にヒートアップしていく。

しかし、

「……なんだあれは」

バッシュだけは違った。

バッシュは、オーク同士の決闘というものを知っている。

それは、死に物狂いで行われるものだ。

渾身《こんしん》の力を込めて行われるものだ。

決死の覚悟を以《もっ》て行われるものだ。

相手を食い殺すほどの殺気を撒《ま》き散らし、勝利に向かって踏み込み、迫り来る敗北を払うために剣を振る。

若い者や、腕が未熟な者であっても、それは変わらない。それができない者は、決闘をする資格がない。

そういうものだ。

オークにとって決闘とは、そういうものでなければならないのだ。

だが、闘技場で行われているものは、違った。

まるで違った。

まるで踊りだった。

殺気が感じられない、死に物狂いでもない、力もどこか抜けている、決死の覚悟などありはしない。適当に打ち合い、どちらかが優勢になったら、怪我《けが》をしないうちに負けようという気配がにじみ出ていた。

こんなものが決闘でなど、あるものか。

「……」

「旦那、怒ってるんすか……？」

バッシュは返事をしなかった。黙って戦いを見守った。

やがて、戦いは佳境を迎えた。

互角の戦いを演じていた二人の内、片方が相手の剣を弾《はじ》き飛ばし、太もものあたりを大きく切り裂いた。

切られた方が膝をつくと、その首筋に剣を当てた。

勝負ありだ。

「うおおおおおぉぉぉ！」

勝った方は剣を振り上げると、叫んだ。

先程のウォークライよりも大きな声で。

観客を煽《あお》るように両手を広げて、コロシアム全体を見渡すように、歩き回る。

「何をやっているんすかね？　相手から視線を外して大声なんて上げて……トドメ、刺さないんすかね？　逆襲されるっすよ？」

ゼルが不思議そうに言うと、右隣の観客が振り向いた。

「おいおい妖精さん、あんた、コロシアムは初めてかい？」

赤ら顔のドワーフだ。

彼は両手にビールを持ったまま、ゲプゥと心地よいゲップをかました。

酒臭い匂いがあたりに充満する。

「いいかー、教えてやる。あれはな、勝った方が負けた方の命乞いをしてんだ」

「なんでそんなことしてるんすか？」

「戦いを通じて、相手の強さを認めたってことなんだろうな……。でも、生かすか殺すかは観客が決める。あんなふうにな」

男の言葉通り、観客の大半は、親指を上に向けていた。

勝利した闘士は、相手を引き起こすと、肩を貸して、闘技場の奥へと引っ込んでいった。

「あんまりつまんねー試合をするようなら殺すこともあるが、今みたいに面白い試合がまた見れると考えりゃ、生かしておく方を選ぶ方が得策だろ？　……ま、戦時中に人が死ぬ所なんて見飽きたから、滅多なことがなきゃ、殺すなんてないけどな」

「へー。でも、戦後になっても毎日殺し合いをして、それを見世物にするなんて、ドワーフって案外野蛮なんすね」

「はぁ？　バカ言え。相手を殺す所までいくのは、奴隷同士の試合だけさ」

奴隷。

そう、ドワーフ族には、奴隷制がある。彼らは自分たちの生産効率を上げるため、戦争中に捕まえた捕虜を奴隷として働かせていた。

闘技場で戦わせるのは、古来からの伝統だ。

「旦那、聞きましたか？　いいんすか？　オークが奴隷なんて……」

「……はぐれオークの末路としては、妥当な所だろう」

重ねて言うが、もし今が戦時中であり、彼らが捕虜であったなら、バッシュは今すぐにでも飛び出し、彼らを助けただろう。

だが、はぐれオークはもはやオークではない。

あのような気の抜けた決闘を見世物にされるなど惨《みじ》め極まりないが、オークの恥晒《はじさら》しにはふさわしいと言えよう。

あれこそがオークの決闘だと認識されるのは、バッシュとしても屈辱ではあるが。

「キャー！」

不意に、乙女の悲鳴が聞こえた。

バッシュがそちらの方を見ると、ドワーフ女が闘技場を見て、声を上げていた。

バッシュとて、この声が単なる悲鳴ではないことにはすぐに気づいた。

なぜなら悲鳴というのに、女が笑顔であるから。

ならばこれは歓声だ。彼女は黄色い歓声を上げているのだ。

彼女の視線の先――闘技場では、次の決闘が行われていた。

やはりオーク同士の戦い。

しかし先程に比べると、遥《はる》かに動きが良かった。

やはりやる気も殺気もない、おままごとのような決闘だが、より魅せる戦いだった。

特に、剣と盾を持っている男の方は、自分がどう動けば接戦に見えるのか、熱い駆け引きが行われているように見えるのか、熟知しているように思えた。

　バッシュはその男の戦い方を見て、どこかで見たことがあるような気がしたのだが、

「カッコイー！」

「ステキー！　抱いてー！」

　それ以上に、ドワーフ女の声援の方が気にかかった。

　どうにも、盾を持っている男は人気があるらしい。

　抱いてとまで言われている。バッシュも、一度でいいから言われてみたい言葉である。

　しかも、叫んでいる女は、なかなかに悪くない容姿であった。

　となれば、一度ならず二度でも三度でも。その望みを叶《かな》えてやるだろう。

「よくわかんないっすけど、どうやらドワーフ女の間では、強いオークが人気あるみたいっすね」

「そのようだな」

「旦那の強さを見せれば、一発だと思うんすけど、どうやって見せつけるっすかね……」

「ふむ」

　ドワーフ女は、強いオークが人気。

　つまり、どこかでバッシュの強い所を見せれば、リストの女たちも振り向いてくれる可

能性がある。

バッシュはオークの英雄《えいゆう》だ。

強さという点に関しては、すでに保証されているようなものである。

バッシュの童貞も風前の灯火《ともしび》と言えよう。

「闘技場まで来て女だぁ？　って、おいおい、あんたよく見りゃオークじゃねえか！」

と、左隣の酔っ払いがそんな声を上げた。

彼もまた顔は真っ赤。両手にビールを持ち、足元には酒樽《さかだる》が置かれている。

すでに完全に酔っ払っているのが見て取れた。

「ひっく、そりゃオークだ。女が欲しいのは納得だ。でもなぁー。残念ながらー、無駄。無駄だ、むだ！」

「何が無駄だってんすか⁉　旦那はめっちゃ強いんすよ⁉　そんじょそこらの輩《やから》なんて片手でポイっすよ⁉　いいや片手どころじゃない、指っすね。小指でチョイっす！　女どもはそれを見て『キャー抱いて！』ってなもんじゃないっすか！」

「いいかー、お前、それが間違いだ。あんのアバズレどもはよー、ただ戦いが見てぇだけなんだ、オークの奴隷闘士どもに黄色い声上げてんのも、別に発情してるからじゃねえ。戦いそのものに興奮してるだけなのよー！」

「むぅ……そうなのか」

差したと思った光明が消え、落胆するバッシュ。

そんなバッシュを見かねたのか、それとも単に酔っ払って言いたいことを言いたいだけなのか、ドワーフは続けた。

「ま、どうしても女が欲しけりゃー、武神具祭《ぶしんぐさい》に出るんだな！」

「……出るとどうなる？」

「大会に優勝した者はぁ～！　あらゆる望みを、叶えてもらえる！」

「あらゆる、望み……？」

そのドワーフの説明によると、こうだ。

武神具祭とは、ドワーフ王が開催する、ドワーフ族最大のお祭り。

これは昨日少女に教えてもらったのと同じ。

だが、実は大会に優勝した者は、ドワーフ王の名において、あらゆる望みを叶えてもらえるらしいのだ。

もちろん、ドワーフ王の権限の及ぶ範囲のことであるが、その範囲はあまりに広い。

例えば戦鬼ドラドラドバンガ。

彼は最初に大会に優勝した時、このドバンガ孔を所望し、領主となった。

次の大会で優勝した時には、使い切れぬほどの富を所望した。

さらに次の大会では、地位を。

さらに次の次の大会では、ドワーフ王の娘を嫁に頂いた。

そうして、持たざる者であった無頼のドワーフは、全てを手に入れていったという。

「つまり優勝すりゃあ！　当然！　女の一人ぐらい、簡単に手に入るってもんよ！」

バッシュはゼルと顔を見合わせた。

優勝をすれば、望むものが手に入る。ドラドラドバンガの例に従えば、嫁も手に入る。

まさに、バッシュにうってつけの大会といえた。

「なるほど、そうか、そういうことだったんすね！　ブリーズが言っていたのは！」

「ああ、そのようだ！　奴《やつ》には感謝してもしたりんな！」

ブリーズは特に何も言っていない。それどころか武神具祭など知らないだろう。

だが、バッシュとゼルは彼に深く感謝した。

きっと、こういう状況を見越して、彼は自分たちをここに導いてくれたのだ、と。

まさに情報通のヒューマン、『息根止め』の異名は伊達《だて》ではない。

「お前らー、祭りに参加すんのかー、いいねぇー！　でも、もうこの町の名のある鍛冶師は、だいたい闘士を見つけちまってんだ。残念だったな！」

そう、大会に出場したいのなら、相棒となる鍛冶師の存在が必要だ。

「旦那、それって！」

「……ああ！」

思い返すのは、昨日の少女だ。

振られた相手ではあるが、彼女は闘士を欲《ほっ》していた。

ならば、利害は一致する。

「こうしちゃいられない、今すぐ戻るっすよ！」

ゼルが飛び出した。

未《いま》だかつてないほどの速度で飛翔《ひしょう》した。

ゼルの羽が限界まで振動し、衝撃波を伴うんじゃないかってぐらいのスピードで飛ぶ。

バッシュもまた、それを光のように追いかけた。

衝撃で酔っ払いどもが弾《はじ》き飛ばされたが、彼らはぶっ倒れたままゲラゲラと笑うだけだった。

◆

少女の家に到着した時、時刻はすでに夜だった。

闘士を探しにいく、と言っていたため、すでに少女の姿はない……。

と思いきや、彼女は今まさに家を出る所であった。

「おい」

「！　い、いや、これは違うんだよ姉さん！　別に国の外に出ようってわけじゃ……」

少女は慌てて振り返りつつそう言ったが、バッシュの顔を見て、ほっと息をついた。

「なんだ、あんたか……どうしたんだ？　言っとくが、子供を産めって話ならお断りだ。何度懇願されてもな。あたしにはやることがあるんだ。そのためにも、闘士を探さなきゃいけねえ」

「うむ、お前の闘士になりにきた」

「無理やり手籠めに……ってんなら、よく考えるんだな。ここらは裏路地に見えるけど衛兵も通るし、今度はあたしも抵抗……なんだって？」

少女は目をパチクリさせながら、バッシュを見上げた。

「お前の闘士になりにきた」

同じ言葉を繰り返すバッシュ。

しかし少女は、言葉の内容は理解できても、イマイチ飲み込めなかった。

困惑の末、ゼルの方を見た。

こういう時に一番見ちゃいけないやつである。

「目指すは優勝っすよ！　オレっちも精一杯サポートするっす！」

ゼルもまた、バッシュを助けるために声を上げた。

少女はそのあからさまな態度をやや訝《いぶか》しく思いつつ、視線をバッシュへと送る。

「いいのか？　あんた、探してるものがあるんじゃなかったのか？　ていうか、何を探してるんだ？」

「……それは」

聞かれ、バッシュは一瞬だけ答えるべきかを迷う。

だが、彼女はすでに振られた相手。ついでに言えば、ドワーフは一夫多妻制だ。言ってしまっても問題なかろう。童貞であることさえバレなければ。

「……女だ」

「は？」

「嫁となる女を探している」

「はぁ……なるほどな。で、武神具祭で優勝して、女を手っ取り早く手に入れたいってワケか……」

「そういうことだ」

少女は呆《あき》れ顔でバッシュを見た。

だから自分にいきなり襲いかかってきたのかと言わんばかりに。

「ま、あたしにはどうでもいい話か。それより、本当にあたしでいいのか？　あたしの鍛冶の腕は一級品だが、あいつら……あたしの兄姉は、妨害とかしてくると思うぞ？」

「構わん」

バッシュはオークの英雄である。

戦争中、多くの大敵を正面から破ってきた。作戦行動を邪魔されることなど、日常茶飯事だった。

だが目的を前にしたバッシュは、無敵だ。いかなる敵も屠《ほふ》ってきた。

妨害など、あってないようなものだ。

「……でも、そっか……あたしの闘士に、なってくれるのか……」

少女はまた数秒ほど困惑していた。

だが、やがて現実を理解した。

目の端に涙が浮かび、溢《あふ》れそうになる。

半分、諦めていたのだ。きっと、自分は力を示す場さえ与えられず、一生を過ごすのだと、暗い絶望に膝をつきそうになっていたのだ。

けど、違う。

今は目の前に戦士がいる。一緒に戦ってくれる仲間だ。

このオークがどれほどのものかはわからないが、自分の腕なら、自分の武具なら、優勝を目指せる。

ようやく、兄姉たちにギャフンと言わせられるのだ。

「よし！」

彼女はすぐさま涙を拭うと、ごまかすようにニッと笑みを浮かべた。

「じゃ、これからよろしく頼む！」

「ああ！」

「……えっと、名前はなんだっけか？」

「バッシュだ。こっちはゼル」

「あたしはプリメラドバンガ。プリメラって呼んでくれ！」

こうしてバッシュはプリメラと組み、武神具祭へと出場することになったのであった。

4. 渦巻く陰謀

翌朝、バッシュはドバンガ孔《こう》の郊外……山の外にある森に来ていた。

森の一角は切り開かれ、広場のようになっていた。

そこには、鎧《よろい》の試作品と思《おぼ》しきものがゴロゴロと転がっている。

ドワーフのゴミ捨て場である。

大抵のドワーフは、失敗作は鋳潰して再利用するのだが、全てをすぐに再利用できるわけではない。

余ったものは、こうして誰でも利用できるよう、山の外へと捨て置かれるのだ。

プリメラはそんな広場で、腰に手を当てつつ、バッシュを見上げ顎を突き出していた。

意気込みの感じられる立ち姿である。

「あたしは、出るからには本気で優勝を取りに行くつもりだ」

「ああ」

対するバッシュはというと、生返事だ。

それも仕方あるまい。

なぜならバッシュの視点からは、プリメラの胸の谷間がちょうど見えていて眼福なのだ。

「一流の鍛冶師は、戦士に合った武器を作る。だからあたしも、あんたに合った武器を作ってやろうと思う」

プリメラはそう言うと、一本の剣をバッシュへと差し出した。

幅広で肉厚の両刃剣。特殊な金属を使っているのか、表面が赤く光っている。

刃渡りは一メートル半といった所か。

ヒューマンであれば両手で使うが、オークが使う分には片手で十分、そんな長さである。

「それは、あたしが作った剣の中の最高傑作……とまではいかないが、出来のいい剣の内の一本だ」

「うむ」

バッシュは剣を受け取る。

その際、プリメラの手が触れて、ドキリと心が震える。

昨晩抱いた、いやさ摑《つか》んだプリメラの肩の感触が思い出されたのだ。

振られた相手とはいえ、プリメラは美少女……興奮しないわけにはいかない。

今は分厚い外套《がいとう》に身を包んでいるが、その中に筋肉質ながらもほっそりとした女の肢体が隠されていることも知っている。

対するプリメラはというと、オークの顔色を窺《うかが》えるほどオークを見慣れてはいない。

ゆえにバッシュの下心には気づかない。

「幸い、ここには試し切りにはちょうどいい鎧がたくさんある」

プリメラはそう言うと、鎧の一つを持ち上げ、持ってきた台座の上へと置いた。

「まずは振ってみて、率直な意見を言って欲しい。もっとこうして欲しい、とかもあれば言ってくれ」

「わかった」

バッシュはプリメラが引いたのを確認すると、剣を振り上げ、振り下ろした。

あっさりとした動作だった。

だがプリメラは、その動作を見切ることができなかった。

何千何万回と繰り返してきた動作。

あらゆるものを両断する膂力《りょりょく》を持ったバッシュの一撃は、寸分違《たが》わず、鎧の最も硬い部分へと打ち込まれた。

そして、キンとカンの中間ぐらいの、綺麗《きれい》な音を立てて振り抜かれたのである。

「あ……」

プリメラが瞬《まばた》きをした瞬間、鎧は破裂したように粉々に砕け散った。

各種のパーツがカランコロンと音を立てて散らばっていく。

もし、この場に戦場のバッシュを知る者がいれば、戦慄すると同時に納得しただろう。

そうでなくとも、多少なりとも腕の立つ者であれば、今の一撃で生み出された衝撃がいかなるものかに思い至り、震え上がっただろう。

野生生物であれば、即座に敗北を認め、逃げるか腹を見せたはずだ。

それほどの一撃であった。

少女はそれを見て、逃げることも腹を見せることもしなかった。

怒鳴った。

「馬鹿野郎！」

彼女は叫び、バッシュへと駆け寄った。

「そんなふうに叩《たた》きつける奴《やつ》がいるか！　棒きれじゃないんだぞ！」

そしてバッシュから剣を奪い取ると、刃を見た。

刃は梃子《てこ》でも使ったかのように曲がり、あさっての方角を向いていた。

「あーあー、ほら見ろ。ひん曲がったじゃないか」

「むぅ……」

「まったく、どんな馬鹿力なんだよ……はぁ～……」

プリメラはプンプンと文句を言うと、ひん曲がった部分を指で撫《な》で、盛大にため息をついた。

しかし、すぐに首を振り、気を取り直したかのようにバッシュを見た。

「でもま、とにかく課題は見えたな。あんたは馬鹿力で、剣の腕も大したことない。なら切れ味より耐久性を上げた方がいい」

「えっ！」

ゼルの目ん玉が飛び出した。

それもそのはずだ。ゼルは未《いま》だかつて、バッシュの一撃を見て「剣の腕が大したことない」なんて言った輩《やから》を見たことがなかった。

ただただその一撃を身に受けて、言葉もなく絶命するか、戦慄の表情で膝をつき、バッシュを見上げる者ばかりだった。

今の一撃とて、歴戦のゼルをもってしても、「近年で最高の五年前の斬撃と同等の出来。スピードとパワーのバランスが取れた上質なクオリティ」と訳知り顔で品評するレベルだ。

「なんだ？　間違ってるか？」

「……間違ってはいない」

バッシュはというと、気にしない。

今までに二度、そう言われたことがあった。

バッシュ自身、自分より剣の腕が達者な戦士は何人か知っている。

だから自分の剣の腕は、ことさら自慢するほど大したことはないと思っていた。

「だからこの剣を使っている」

「ふーん……ま、生半可な武器よりは、でかくて硬い方がマシだもんな……よし」

プリメラはバッシュの背にある剣をジロジロと眺めた後、ポンと手を打った。

「とりあえず、あんたの武具の目処《めど》は立った」

「おう」

「さしあたって、あんたの武具を作るための鉄を買いに行く。ついてこい」

プリメラはそう言うと、足早に町の方へと戻っていく。

バッシュたちは言われるがまま、彼女についていくのだった。

◆　◆　◆

ドバンガ孔には、大きな市場が存在している。

ドワーフの住居らしい曲がりくねったそこは、ゴングラーシャ山脈中の鉱山で掘り出された金属が集められている。

ドワーフの商人たちは、商売っ気のない構えの店先にそれらを山と積み、顧客となるドワーフたちはそれを勝手に見定めて購入していく。

良い鉄を選べない鍛冶師は、良い鍛冶師ではない。

かつてドラドラドバンガがそんな格言を残したが、ドワーフたちはそれを当然と考えていた。

つまり、良い原鉄を見定める目を養うのも、ドワーフ鍛冶における『実力』の内に入ると思われているのだ。

無論、問われるのは目利《めき》きだけではない。

「あんたは馬鹿力だから、灼鉄《しゃくてつ》で刀身を作るのがいいだろうね。あれなら炉の温度を高く保てるから、頑丈な剣が出来上がる」

武具を作る際に最適な鉄の種類を選ぶこともまた、鍛冶師の実力の一つだ。

材料一つ、製法一つ違うだけで、武具の出来上がりは大きく変わってくる。

まして武神具祭《ぶしんぐさい》に出るのであれば、何一つ妥協などできようはずもない。

「刀身は灼鉄だけど、芯金《しんがね》はカロルマイトを使おう。刃の部分はクリンナ鋼で……」

プリメラはそう言いつつ、ヒョイヒョイと鉱石を手に取り、懐《ふところ》から取り出した虫眼鏡で覗《のぞ》いては、バッシュの持った籠へと放り込んでいく。

バッシュとゼルは、そういうものかと思いつつ、籠の中に溜《た》まっていく金属を見ていた。

「鉱石とは、意外にキラキラとしているものなのだな」

バッシュはそれらを見て、ポツリとそう言った。

今まで石をまじまじと見たことなどなかったが、赤みがかった石に、緑色に光る石……

ドワーフの作る武具は地味な鈍色《にびいろ》というイメージだが、鉱石の方は色鮮やかだ。

「そりゃそうっすよ。ドワーフはこういう鉱石から、キラキラしたネックレスを作ったりするんすから！　あのエルフのキラキラネックレスだって、こういう鉱石から作られているんすよ！」

「なるほどな。まさか、武具と同じものから作られていたとはな……」

言われてみると、確かに光を反射して輝く様は、シワナシの森で手に入れたネックレスのようでもあった。

まぁ、実際の所はそんなわけはなく、件《くだん》のネックレスも金と銀を用いたものなのだが、フェアリーも鍛冶をしない種族ゆえ、そういった勘違いをしても仕方がないのだ。

「はぁ？　売れないってどういうことだよ！」

バッシュたちが感心していると、唐突に怒鳴り声が聞こえ始めた。

見ると、プリメラがカウンターの向こうに座っている店主を睨《にら》みつけている所だった。

店主は店主で、不機嫌そうな表情を隠そうともせず、プリメラを見ていた。

「さっきから聞いてりゃあ、ふざけたことを言いやがって。刀身に灼鉄を使うだぁ？　芯金はカロルマイトだぁ？　お前、本当にドワーフか？　鍛冶の基礎すら知らねぇやつに売る鉱石なんざねぇ。出直してきな」

「あんたこそ、古臭い考えを振りかざしてるだけじゃないか！　確かに灼鉄は刀身の材料に向いてないと言われてる。粘りが足りないってね。けど、あたしが独自に開発した精錬法なら、強度も粘りも確保できる。切れ味は落ちるが、クリンナ鋼を刃に使うことで、クッションとしての役割も期待できる。そりゃ、その分切れ味は落ちるけど、強度に関しては完璧さ」

「……チッ、話になんねぇな。商品を置いて失《う》せな」

店主はペッと唾を吐くと、腕を組み、頑とした態度でプリメラを睨《ね》めつけた。

「……！」

プリメラは怒り心頭といった顔で、今にも店主に掴みかかろうと肩を怒らせるが、手は出さない。

もっとも、彼女が手を出した所で、腕の太さだけを見比べても、店主の方が二倍は太い。喧嘩《けんか》にすらならないだろう。

「どうした？」

バッシュがそう聞くと、プリメラは奥歯を食いしばったまま振り返った。

「聞いての通りさ。この偏屈が、鉱石を売らないってよ」

「なぜだ？」

「さぁね、その偏屈に聞いてみな」

そう言われ、バッシュは店主の前に立った。

店主はバッシュを見て、

「てめぇがプリメラの闘士か？　何も知らねぇオークが余計な首を突っ込……」

頑固な言葉を発しようとし、ある所でピタリと視点を止めた。

そして、バッシュの顔を二度見する。

「……」

すると、戦慄に彩《いろど》られた表情で、ガチガチと奥歯を鳴らし始めた。

完全に、バッシュのことを知っている男の顔だった。

戦場で、バッシュのことを一度でも見た者は、こういう顔をする。

バッシュにとっては、比較的慣れた反応だった。

「なぜ売らない？」

「や……売らないってわけじゃ、ねえんだ。ああ、ただ、その小娘に、ちょっと説教をしようと思っただけで、こっちも商売だからよ。売るよ？　売るって。だから、頼む、お願いだ、命ばかりは、助けてくれ……」

そう言うと、サッと目を逸らしてしまった。

「売るそうだぞ」

「ふぅん。この偏屈爺《じじい》を一睨みで黙らせるとは、あんた中々やるじゃん。伊達《だて》に戦場に出てないってことかね？　まぁいいや。お代はここに置いとくよ。行くよ！」

プリメラはそう言うと、金の入った袋をドンとカウンターに置き、店から出ていった。

バッシュもそれに続いた。

「……」

店の中には、怯《おび》えた店主だけが残った。

彼はプリメラとバッシュがいなくなってしばらくしてから立ち上がり、そっと店の外を見た。

見慣れたドワーフの町並みに、恐ろしいオークの姿がないのを確認してから、ホッと息をついた。

それから、いましがた自分が目撃したものを思い返し、身震いをした。

「プリメラの奴《やつ》、なんてのを連れてやがるんだ……」

彼がバッシュを戦場で見かけたのは一度きり。

恥ずかしい話だが、見た瞬間に尻もちをつき、完全に戦意を喪失した。

近くには、尻もちをつく直前まで他愛ない話をしていた仲間の死体が転がっていたのを、よく覚えている。

「プリメラの奴……」

その思い出を反芻《はんすう》しつつ、やがて店主の口から出てきたのは、

「大丈夫だよな……？」

身の程知らずの娘っ子を心配する声だった。

◆　◆　◆

「さて、あたしはこれから工房に籠もるから、あんたらは町を見物でもしててくれ」

「お前が剣を打つ所を見ていてもいいか？」

「だ、ダメだ！」

「なぜだ？」

何気なく聞いた言葉に強く拒絶され、バッシュは片眉を上げた。

「なぜもクソもあるか！　ドワーフ鍛冶は、ドワーフの秘法だぞ!?」

プリメラは自分の両肩を抱いて、バッシュから一歩引いた。

それを見てピンと来たのはゼルだ。

この妖精は、たまに異様なほどに察しが良くなるのだ。

そのため、時に世間はゼルのことを「テレパシーのゼル」と呼ぶ。

（旦那、昨日抱こうとしたことで、警戒されているみたいっす）

（そうなのか？）

（ドワーフに限らず、鍛冶ってのは裸に近い格好でするもんすからね。未遂とはいえ、昨日のことを考えれば、襲われるかもと思うのは仕方ないっす）

裸に近い格好と言われ、バッシュとしてはぜひとも近くで見てみたかった。

見たくないわけがない。

しかし、ダメと言われて強行するわけにはいかなかった。オークキングの命により、合意なき性交を禁じられているのだから。

「わかった。ならば町に行っていよう」

「夜には試作品が打ち終わるから……そうだな、時計の針が七を指したぐらいに戻ってきてくれ。時計の見方、わかるよな？」

「大丈夫っす！」

ドワーフの町では太陽が見えない。

そのために、町の各地に用意された時計を見て時間を知ることになる。

ドワーフの国ならではの文化であり、他種族、特に七種族連合で時計を読める者は少ない。

が、ゼルには読めた。

なぜなら、ドワーフ軍を諜報《ちょうほう》するに当たって、時計の針を読めることは大きなメリットになるからだ。

「よし！　じゃあ打ってくる！　今まで持ったことないようなスゲー業物を作るから、首を長くして待ってろよな！」

プリメラはそう言うと、タッと駆け出し、工房の方へと戻っていった。

バッシュはそれを見送り、さてどうしたものかとゼルを見た。

ゼルは腰に手を当て、頰を膨らませていた。

「……いやー、信じられないっすね」

「何がだ？」

「何がって！　あの女、旦那の剣の腕が大したことないとか言ったんすよ⁉　ただ馬鹿力なだけだって！　オークの英雄《えいゆう》たる旦那を！　いかなる敵をも屠《ほふ》ってきた旦那の剛剣を！」

「剣の腕が大したことがないのは事実だ。この剣をくれた男にもそう言われた」

バッシュはそう言うと、背中の剣を抜き放った。

鉄塊のようなこの剣は、当時、戦場で幾度となく武器を失っていたバッシュに対し、デーモンの将軍が「お前のようなガサツ者には、これがちょうどいい」と言って、贈ったものだ。

「実際、俺より剣がうまい者はオークの中にもいた」

「そうなんすか？　本当にぃ？　旦那、ちょっと自分の評価低すぎないっすかぁ？　旦那、自分の戦ってる所とか見たことないっすよね？　オレっちの見立てでは、旦那がオークの中で一番っすよ？」

「確かに俺はオークの中では一番強い」

「でしょう？」

もしヒューマンであれば、いやいや自分なんかと謙遜したかもしれないが、バッシュは『オーク英雄《ヒーロー》』。オークで最高の栄誉を賜った戦士たる自覚と自負があった。不要な謙遜などする必要はない。

「だが戦いは、剣の腕だけで左右されるものではない」

「あっ！　確かに！　それもそうっすね！　別に剣が上手なら強いってわけでもないっすもんね！」

戦場で生き残ったり、大敵を倒すには、剣の腕だけが重要でないことは、ゼルもよく知っている。

強さというものは複合的なのだ。

剣の腕というものは、その一要素に過ぎない。

現に、古今東西、あらゆる剣術自慢の戦士たちは、戦争であっけなく誰かに敗北し、死んでいった。

そして勝利した者は、生き残った者は、決して剣術が達者というわけではない、ただ強いだけの凡人も多かった。

戦い、勝ち、生き残る。

それらを完遂するためには、ただ剣の腕が達者なだけではダメなのだ。

「さ、オレっちも納得できたことだし！　気を取り直して、町を見に行くっすよ！　旦那のおメガネに適《かな》う女を見つけておかないと、優勝した時に指名する相手がいないってことになりかねないっすから！」

「そうだな！」

バッシュは頷《うなず》くと、町へと戻っていくのであった。

◆

数刻後、バッシュは町中にある酒場を訪れていた。

幸いにして、ドバンガ孔にバッシュを見咎《みとが》める者はいなかった。

多くの他種族がいるせいか、ドワーフがオークをあまり敵視していないせいか。

理由はわからないが、バッシュはヒューマンの国のように敵視されるでもなく、エルフの国のように訝《いぶか》しげな眼《め》で見られるでもなく、酒場の一席につくことができていた。

目的は当然、昨日の情報収集の続きだ。

「へー、じゃあ、今のお父さんとお母さんは、本当の両親じゃないんすか」

「ああ、そうさ！　でもあたいは本当の両親と同じぐらい……いいや、それ以上に愛してる。なんたって、戦争孤児んなって死にかけてたあたいを拾って、ここまで育ててくれたんだからね！」

「素晴らしいっすね！　ドワーフイチの親孝行者っすよ！　いやー、ドワーフは義理堅い人が多いっすけど、ここまでのお方を見たのは初めてっす！　それがこんな美しい方となれば、言い寄る方も大勢いるんじゃないっすか!?　この色女！」

「まったく、フェアリーは調子がいいねぇ！」

標的は、この酒場の看板娘。

名をポリーンという。

バッシュはゼルの情報収集を、酒場の隅で一杯やりながら、期待を込めた目で見ていた。口を出さないのは、その方が効率が良いからだ。

武神具祭で優勝すれば、気に入った女は全て手に入る。

もっとも、話を聞く限り、手に入るのは一人だけだ。

となれば、誰を手に入れるかが重要になってくる。

バッシュとしては誰でもいいが、しかし、やはり手に入れるのであれば、後悔しないような極上の女がいい。

そのためには、名前や職業だけでなく、もっと詳細な情報が必要だ。

昨日作ったリストの中から、容姿に優れた者を厳選、今は中身を探っている。

バッシュはその情報を待ち、どの女を手に入れるのかを選び、武神具祭で優勝すればいい。

あまりに単純、あまりに簡単だ。

見た目の好みという意味では、ドワーフ女ということで、厳選してもまだジュディスやサンダーソニアには遠く及ばないのだが、確実に手に入るとなれば、それも目を瞑《つぶ》れる。

「……」

バッシュは優勝後の性交を思い浮かべ、口元を緩ませた。

ポリーンはドワーフの中では背が高く、痩せている。

ドワーフらしい赤毛をポニーテールにまとめ、闊達《かったつ》な表情で給仕《きゅうじ》をしている。

絶世の美女というわけではない。無作為に集められた、あらゆる種族の百人の女性から十人選べと言われても、バッシュは彼女の名を挙げないだろう。

当然、ジュディスやサンダーソニアを見た時の胸の高鳴りはない。

だが、ドワーフ女の中ではかなりマシな方であった。

なにせポリーンの胸は、ジュディスやサンダーソニアより大きいのだから。

それを自由にすることを思い浮かべながら、酒を呷《あお》る。

両手に杯を持ち、交互に飲むのがドワーフ流だ。

バッシュは右手に蒸留酒、左手にビールを持ち、交互に味わっていた。

蒸留酒は、さすがはドワーフのお家芸とも言えるほどの味だった。口に含むとまろやかな甘みが口内に広がり、鼻をスッと抜けてくる。飲み込むと蒸留酒特有のカッとした熱さとしびれが喉を刺激する。

ビールは、ドワーフのものではない。ヒューマンが作ったものを輸入しているのだろう。麦芽特有の苦味と、爽やかな酸味。喉越しはスッキリとしていて、水のようにガブガブと飲めてしまう。

女は確実に手に入る。酒もうまい。

もはや言うことなしだ。

バッシュは旅に出てから、いや、戦争が終わってから、初めてとも言えるほどに安堵《あんど》し、トロンとした目でゼルとポリーンを見ていた。

「好みの男はどんな感じっすか？」

「そうさね、やっぱり強い男がいいね。長生きして、病気もしなくて、いざとなったらあたいを守ってくれる。といっても、先に死なれるのは勘弁だね。身内が死ぬのはもう見たくないよ」

まさにバッシュのことである。

ゼルはバッシュにサムズアップを送り、バッシュはそれに頷きを返そうとして……。

「おい」

ふと、バッシュの顔に影が差した。

　ポリーンの豊満な胸が消え失《う》せ、筋肉に覆われた胸板が現れる。

　バッシュが視線を上げると、そこには髭面《ひげづら》のドワーフの顔があった。

「てめぇ、何見てやがる」

「あの女だ」

　バッシュは正直に答えた。

　見ているだけなのだから、咎《とが》められる筋合いはないはずだった。

「へぇ、俺たちのアイドルを狙ってるってぇのか。ふてぇやろうだな！」

「あんだと⁉　オークがポリーンちゃんを狙ってるだとぉ⁉」

「聞き捨てならねえなぁ！」

　ガタガタッと音を立て、荒くれたちが立ち上がり、バッシュを一瞬で取り囲んだ。

　とはいえドワーフ、背丈は座っているバッシュと同等程度もなく、バッシュはやや見下ろす形で彼らを見回した。

「ダメなのか？　見ていただけだぞ？」

「御託を並べてんじゃねえ」

「オークが女を見てるったら、そういう意味だろうが！」

「表に出な。ぶっ殺してやる」

バッシュはイマイチ、話の流れがつかめなかった。

だが、彼らが何をしたいのかはわかった。

こうした光景は、オークの酒場でもよく見られた。酒に酔って、気分がよくなり、なんとなく他人にイチャモンを付け、そのまま店の外に連れ出す。

そして、店の前で楽しい殴り合い。

つまり喧嘩《けんか》だ。

要するに彼らは喧嘩を売っているのだ。

酒に酔っ払い、興に乗った勢いで、周囲に己の力を喧伝《けんでん》したいのだろう。

バッシュは決してこの国に喧嘩を買いにきたわけではない。

エルフ相手にも、決して喧嘩は売らなかったし、買わなかった。

だが、今のバッシュは酒が入り、気分がいい。興も乗っている。

「……ふむ」

ここまで相手がやる気になっているのに喧嘩を買わないとなれば、それはオーク英雄の名折れだ。

もし、バッシュを囲んでいるのが髭面の男ではなく、絶世の美女であれば、あるいは買わないという選択肢も取り得ただろう。バッシュの目的は、名声を得ることではないのだから。

だが目当ての女が目の前で「強い男がいい」と言ったのに、喧嘩を買わないヤツがどこにいるものか。

「いいだろう」

バッシュは脇に立てかけてあった剣を手にとった。

もちろん、喧嘩で使うつもりはない。

ただ、盗まれても困るため、どこか邪魔にならない所にでも置いておこうと思っただけだ。

「……！」

「お、おい、あれ……」

「ウソだろ……『不壊のデーモンソード』じゃねえか……」

しかし、剣を目にした瞬間、ドワーフたちの顔色が変わった。

酔っ払った赤ら顔から、二日酔いでもしたのかと思えるほどの蒼白《そうはく》へと。

ドワーフたちの視線は、バッシュの愛剣とバッシュを交互に行き来した。

「まさか、あんた、バッシュか？　『オーク英雄《ヒーロー》』の……」

「そうだ」

ドワーフたちは気づいた。

とんでもない相手に喧嘩を売ってしまった、と。

戦場でオークと戦った者であるなら、誰だってバッシュの存在は知っている。顔の見分けは付かないが、手に持つ武器を見れば一目瞭然だ。

「嘘《うそ》だろ……」

「喧嘩売っていいライン考えろよな……」

「銀貨一枚じゃ安すぎる……」

バッシュが表へと出ようとすると、ドワーフたちが一斉に道を開けた。

オークの喧嘩も、外に出て喧嘩をするという点では一緒だが、売った側が先に出て待ち構えるという暗黙のルールがあった。

ドワーフは逆ということだろうか……と思いつつ、バッシュは店の外に出た。

大通りは相変わらずの喧騒《けんそう》に包まれている。

ふと横を見ると、二軒隣の酒場でも、何やら乱闘が起きていた。どこの種族の酒場でも、やることは一緒ということなのだろう。

ヒューマンにエルフ、ドワーフと知らない文化に触れ続けてきたバッシュは、その事実にどこか安堵し、フッと笑った。

しかしそのまま油断しきるほど、バッシュがくぐり抜けてきた死線の数は少なくない。

腕を組み、酒場の入り口を睨《にら》みつけつつ、待ち構える。

「……？」

しかし、ドワーフたちは出てこなかった。

これでは、喧嘩はもちろん、ポリーンに強い男である所を見せることもできない。

それとも、ドワーフの喧嘩は、売った側が何かを用意する決まりでもあるのだろうか。

そう思い始めた頃、店から出てくる者の姿があった。

ドワーフよりも遥かに小さいその姿は、まさにフェアリーのもの。

ゼルだ。

「ゼルか。これから喧嘩だ。お前も混ざるか？」

「旦那に加勢なんて必要ないと思うっすけど……ていうか旦那の相手、みんな裏口から逃げてったっすよ」

「なに？」

「多分、旦那に恐れをなしたんっすよ」

拍子抜けであった。

同時にドワーフという種族に対する落胆までこみ上げてきた。喧嘩を売っておいて逃げるなど……屈強で知られたドワーフとは思えない軟弱さだ。

もしここがオークの国であったなら、二度と表を出歩けまい。はぐれオーク一直線だ。

少なくとも、バッシュはそんな腰抜けをオークと認めない。

だが、ここはドワーフの国だ。そういう輩《やから》もいるのだろう。

バッシュは組んでいた腕を解《ほど》くと、店の中へと戻っていった。

すると確かに、先程バッシュに喧嘩を売ろうとしていた者たちの姿はなかった。

それどころか、ポリーンの姿さえもない。

「ポリーンは？」

「今日はもう終わりみたいなんで、帰ってったっす。どうするっすか？　尾行するっすか？」

「情報は十分に集まったのか？」

「バッチリっす」

「ならいい。次に行くとしよう」

喧嘩に関してはガッカリだったが、バッシュのように大きな男は些細《ささい》なことは気にしない。消化不良ではあるが、相手が逃げたのなら自動的にバッシュの勝利だ。

そして、喧嘩をするためにこの町に来たわけでもない。

本来の目的を達成すべく、バッシュとゼルは次の酒場へと赴くのであった。

◆　ドバンガ孔　某所　◆

ドラドラドバンガには十人を超える子供たちがいる。

彼らは『ドバンガの子』と呼ばれ、ドバンガ孔における支配者層の一つとして君臨している。

戦鬼の血を受け継いだ彼らは、誰もが優秀だ。

鍛冶師としてか、戦士としてか、あるいはその両方に精通した、一流の者が多い。

バラバラドバンガ。

通称バラバラ。

彼はそんな『ドバンガの子』の模範となる存在だった。

長男であり、戦争にも参加し、称賛を得るに十分な戦果も得た。

彼自身は長男として、弟や妹たちを先導し、助けを求められれば力となる、そんな存在であろうと思っている。

その上で、鍛冶師としても、戦士としても一流であるために研鑽《けんさん》を続けている。

偉大なる父であるドラドラドバンガがそうであったように……。

事実、彼は去年の武神具祭では優勝したし、今年も優勝するつもりだった。

他の『ドバンガの子』は彼を尊敬し、頼りにしていた。

ただ一人。ヒューマンとの間に生まれた末妹を除いては。

「プリメラがオークに攫《さら》われたと、そう言ったのか？」

「いいや、違うって。よく聞きなよ。プリメラが、オークを連れて行ったたって言ったのさ！」

その日、武神具祭に向けて鍛錬を積んでいるバラバラドバンガの元に駆け込んできたのは、妹のカルメラだった。

カルメラドバンガは次女だが、母親かと思うほどに面倒見がよく、よく弟や妹たちの世話を焼いていた。

ドバンガ孔にいない他の兄弟たちも、彼女の料理の腕を知らない者はいないだろう。

無論、『ドバンガの子』として、鍛冶の腕も一流だ。戦士としては二流だが。

そんな彼女の最近の悩みは末の妹、プリメラドバンガのことだ。

『ドバンガの子』はドワーフの中では期待の象徴であり、将来の希望とも言える存在だ。

当然、期待に応えるべく研鑽を積むし、ほとんどの者はその期待通りの成長を遂げている。

ただ、プリメラだけは違った。彼女だけは期待されなかった。

生まれつき体が弱い上、ヒューマンの血が濃く出てしまったからだ。

ヒョロっとした体、細い腕……あんな娘、鍛冶師としても戦士としてもやっていけない。

誰もがそう言った。

同じ『ドバンガの子』ですら、そう思った。

彼女はそれでも『ドバンガの子』として恥じぬよう、研鑽を積んだ。

戦士としては絶望的だったが、それでも鍛冶師としては大成できるはずだと。

でも、まだまだ鍛冶の腕は未熟で、成果も出せない。しかし口だけは一丁前。

無論、誰も認めてはくれなかった。

心配性のカルメラは、彼女に何度も忠言した。

せめて、でかい口をきくのをやめろ、お前は未熟なんだから、未熟者なりに鍛冶に取り組め、それができないならやめちまえ、と。もちろん結果を急ぐプリメラがそれを聞き入れることはなかったが……。

挙げ句の果てに、プリメラは武神具祭に出場すると言い始めた。

カルメラは言った。

恥をかくだけだし、お前の名誉だけじゃなく、お前に力を貸してくれる戦士の方も傷つくんだから、やめておけ、と。

もちろん、プリメラが聞く耳を持つはずもなかった。

そんな言い方では当たり前である。

バラバラドバンガもカルメラも知っている。彼女は腕も未熟だが、何より自覚が足りないのだ。

自分の作る武具に、戦士が命を預けるという自覚が……。

だからこそ、国内で事情を知る戦士は、誰も彼女に力を貸してくれないのだ。

それを、外国から来た、何も知らないオークなんかを捕まえるなんて……。

「アタシは心配だよ。オークはドワーフ女になんざ興味ないけど、あの子はハーフヒューマンだ……大変なことになってなきゃいいけど……」

「……心配せずとも、オークは、他種族との合意なき性交を禁じているはずだ。まともなオークはそれを守っている」

「ハッ、兄さんは男だからそういうことを言うのさ。合意なんてのはね、後からいくらでも取れるんだよ」

「……」

バラバラドバンガは、剣の素振りをしながらカルメラの話を聞いていた。

相談という体を取ってはいるが、その内実が愚痴なのは間違いないだろう。

いつもそうだ。彼女はバラバラドバンガの意見などどうでもいいのだ。

「仮に無事だったとしても、あの子の打った武具で勝ち抜けるわけがないんだ。武具のせいで負けて、怒り狂った戦士に殴り殺されるって事件、去年もあったろう？　まして相手は頭の悪いオークだ。しかも嘘付きフェアリーを連れたね。どうなることか……」

オークがフェアリーを連れて。

その情報に、バラバラドバンガは素振りを止めた。

「まて、捕まえたのは奴隷のオークではないのか？」

「え？　ああ、旅人だって言ってたかね。国境であの子を止めてる時にやってきたんだ。話は通じたし、はぐれオークじゃないみたいだったね」

「オークが旅……？　それもフェアリーを連れて……？」

バラバラドバンガは、戦争に参加していた。

オークとの戦にも何度か出たことはある。

オークは頭の悪い種族であるが、決して話の通じぬ魔獣というわけではないし、フェアリーと連携を組んでいる時は、緻密な作戦行動を繰り返してきた。

頭は悪いが、悪いだけだ。考えられないわけじゃない。悪知恵が働く者もいる。

「そいつらは、なんと？　旅の目的は？」

「さぁね。詳しくは聞いちゃいないよ。なんでも、探しものがあるんだと。ハッ、よっぽど大事なものなんだろうね。なにせ、シワナシの森の方からやってきたんだから」

「……」

きな臭い。

バラバラドバンガはそう感じた。オークが旅をするなど聞いたことがないし、ましてフェアリーと一緒。何か目的があるはずだ。

そして、バラバラドバンガは、その目的に心当たりがあった。

「そのオークの名は？」

「名前？　なんだったっけね……昨夜けしかけた男たちが言うには……チッ、腰抜け共め、普段あれだけ戦場での功績を自慢してるくせに、オーク一匹にビビっちまって、情けないったらありゃしないよ。あ、そうそうバッシュっていう、名のある戦士らしいね」

毛が逆立つかと思った。

「バッシュだと⁉」

バラバラドバンガは振り返ると、カルメラの肩をガッと摑《つか》んだ。

「な、なんだい？　知ってるのかい？」

バッシュ。

オークの英雄《えいゆう》。

『破壊者』の名をほしいままにした、ドワーフの災厄。

オークとの戦いの前線に出た者で、その名を知らぬ者はいない。

しかしその顔を知る者はほとんどいない。なぜなら戦場で出会った戦士の大半は死んだからだ。

ドバンガ一族に恩のある戦士たちは、バラバラドバンガやカルメラの頼みを聞いてくれる。

彼らは屈強な戦士だ。戦場ではどんな敵が来ても恐れずに立ち向かい、死線をくぐり抜けてきた。自分たちは誇り高き歴戦の戦士であり、恐れ知らずのドワーフであるという自負もある。舐《な》めたことを言うヤツは、捻《ひね》り潰してやろうという気概もある。

だが同時に、彼らは知っている。

自分たちにとっての死線がどこにあるのか、限界はどこか、長い戦いを経てわかっている。

その死線を、ほんの僅かに越えただけで死んだ仲間もいたのだ。

そんな彼らだからこそ、理解していた。

戦場には、絶対に勝てない相手が存在している、と。

バッシュは、そんな相手の一人だ。

そして、そんなのが、このドバンガ孔に来ている。そう聞いて、バラバラドバンガは戦慄を禁じえなかった。

「とにかくさ、兄さん、どうにかしておくれよ。アタシャ、あの子が不憫《ふびん》でならないんだ。ハーフヒューマンとして生まれたってだけで、見下されて、苦労して、焦《あせ》って取り返しの付かないことして、挙げ句にオークにとっ捕まってガキ孕《はら》まされるってんじゃ、あんまりだろ？」

「うむぅ……」

バラバラドバンガは腕を組んで唸《うな》った。

彼の思考は、すでにプリメラにはなかった。

このドバンガ孔にのさばるドワーフたちの悪事についてだ。

金の亡者《もうじゃ》たる彼らは、戦後のどさくさに紛れて、あることを続けてきた。

その事実を知るのは、バラバラドバンガを含めて数名しかいない。

バラバラドバンガは思う所があって放置してきたが……もしオークキングがそれを解決しようとバッシュを送り込んできたのなら……。

場合によっては、このドバンガ孔は血に染まるかもしれなかった。

「そのオークは、今なにを？」

「プリメラと組んで武神具祭に出るみたいだね……オークのことだ、プリメラを助ける代わりに、プリメラのことを好き勝手してるんだ……」

それを聞いて、バラバラドバンガはホッと胸をなでおろした。

武神具祭に出場する。

ということは、このドバンガ孔における正当かつ公正な方法で、例の悪事を暴こうというのだろう。

それはそれで思う所もある。

が、少なくとも、このドバンガ孔に死体の山が積み重ねられることはない。

「……ならば、なるようになろう」

「はぁ!? なんだいそりゃ、呆《あき》れたね、アンタは不憫な妹が可哀想《かわいそう》だとは思わないのかい!?」

バラバラドバンガは素振りを再開した。

彼とて、妹を心配していないわけではない。

だが、彼女の側にいるのはバッシュだ。

恐らく、オークキングの密命を受けてこの場にいるであろう、オークの英雄だ。

彼が、穏便な手段を取ろうとしているのなら、そう酷《ひど》いことにはなるまい。

武神具祭に出るという行動を見るだけで、オークがドワーフと友好的であろうという意思が透けて見えている。

「プリメラに関しては、そう大事にはならんだろう。大体、お前は過保護すぎる」

もし、プリメラがどうにかなってしまったのだとしても、彼女が普段から大口を叩《たた》き、できもしないことを吹聴しているのは知っている。

一度、痛い目を見るべきなのだ。

打ちのめされ、無力を思い知り、それでも立ち直って努力しなければいけない。

そんな状況に自分を追い込むべきなのだ。

そうでなければ、彼女はずっと現状を維持し続けるだろう。

つまり、プリメラの成長を思っての言葉だった。

だが、カルメラはそうとは受け取らなかった。

「あー、あーそうかい！　わかったよ。もう頼まないよ！　アンタに相談したアタシが馬鹿だった！　アンタにとっても、あの子は所詮、一族の出来損ないってことなんだね！　傷つこうが、いなくなろうが構わないような！」

「そうでは……」

バラバラドバンガは振り向いたが、すでにそこにカルメラの姿はなかった。

「まったく……それにしても、ついにオークが動いたか」

戦争が終わって三年。悪事は続いてきた。

そして、それに抗する者もいた。

「……」

バラバラドバンガは、自身をドラドラドバンガのごとき武人であろうと思っている。

武人らしき武人であろうと。

だが手本は一人ではない。もう一人、自分もそうであろうと目指す戦士がいた。

その戦士は今、過酷な状況に置かれながらも、必死に抗《あらが》っている。

「彼の努力が、無駄にならねばよいが……」

バラバラドバンガにできるのは、ただその戦士の武運を祈ることだけだ。

5. 武神具祭《ぶしんぐさい》　予選～本戦開会式

武神具祭の予選はドワーフらしい適当さで進められる。

まず参加者に番号が割り振られ、闘技場に集まった者同士で適当に試合をさせる。勝ち上がった者同士で、また試合をさせる。いわゆるトーナメント方式である。

出場者は一日に二戦する義務があり、祭りは出場者が最後の一人になるまで続く。

参加の締切《しめきり》は、トップ64人が決まるまで。

ゆえに、場合によっては、出場者が増え続け、何ヶ月も続くことすらある。

今回の武神具祭は、すでに前例にないほどの闘士が参加していた。

ゆえに、祭りは続いていた、何日も。

◆　◆　◆

「勝者、５６６番！」

バッシュは予選を順調に勝ち進んでいた。

五日の戦いを乗り越え、得た勝利は十を超える。

どれも苦戦はしなかったが、辛勝であった。

というのも、武神具祭のルールが原因だ。

武神具祭の敗北条件は二つ。参加者である闘士の戦意喪失や気絶、死亡。

そして武具の損壊である。

つまり、身に着けている武器か鎧《よろい》のどちらかが破壊されれば、その場で敗北となる。

プリメラの作った武具は、壊れやすかった。

いや、決して壊れやすいというわけではないはずだ。

バッシュの体に見合ったプレートメイルは重厚だし、鉄塊のような剣は見るからに頑丈そうだった。

プレートメイルの方は良かった。

五日前から今日に至るまでの戦いで、傷一つついていない。

だが、剣は違う。

一度か二度の戦いで、必ずといっていいほど曲がった。

今の所、予選は全て一撃で仕留めてきたが、もし長期戦に持ち込まれれば、敗北の可能性は十分にあったと言えよう。

「……」

バッシュは鞘《さや》に納まらなくなった剣を手に、周囲を見渡した。

闘技場では、他の参加者の戦いが続いている。

観客はまばらだ。

ドバンガ孔に住むほとんどのドワーフは、闘士として出場するか、鍛冶師として武具を作っている。

自分の関わる試合がないのであれば、わざわざ闘技場に足を運ぶことはない。

観客として見ているのは、外部からの観光客か、すでに敗北した闘士ぐらいのものだ。

周囲では、戦いに勝利した闘士が武器を振り上げ、雄叫《おたけ》びを上げ、勝利をアピールしていた。

高々と雄叫びを上げて、オレは強いんだと周囲に喧伝《けんでん》している。

オーク社会においても、勝利アピールは喧嘩《けんか》の醍醐味《だいごみ》である。

もっとも、それは喧嘩がある程度近いレベルの者同士で行われた場合に限る。

突っかかってきた弱者をはねのけただけなのに、わざわざアピールをするのは、逆にダサい。

それがオークの常識だ。

ゆえにバッシュは、この程度の相手に勝ったことをアピールするつもりはなかった。

この大会に出た目的は、強さをアピールすることではない。
優勝し、嫁を手に入れることだ。必要のないことなどしない。
が、バッシュは剣を持った方の腕を上げた。
観客席の中にプリメラがいたからだ。
アピールではない。
プリメラからは、戦いの後は武器の状態が見えるように掲げて見せろと言われていた。
プリメラは曲がった剣を見て、苦虫を噛《か》み潰したような顔をしていた。
今回も、お気に召す結果ではなかったようだ。
それもそうだろう。彼女の鍛造した剣は、今回も見事に曲がったのだから。
ともあれ、本日のノルマを達成したバッシュは、闘技場を後にし、控室へと戻った。

「そこでオレっちは言ってやったんすよ！　その薄汚《ぎたね》え手を離しな、ぶっ飛ばされねえうちにな……って。とはいえ相手は巨大なオーガが五人。いくらオレっちが強いと言っても、ぶっ飛ばすには骨が折れる！　両手の骨折必至！　でもやらなきゃフェアリーの名が廃る！　そう思った瞬間っす！　オーガの一匹がぶっ飛んだ！　この中で、誰かオーガがぶっ飛んでいくのを見たことあるヤツはいるっすか？　それもキリモミしながら真横にっすよ？　オレっちは見た……！　オーガがぶっ飛んでいくのを。そして誰がぶっ飛ばしたのかを。そして、そこにいた者こそが、オレっちの尊敬するバッシュの旦那だったわけっす！」

「おー！」

控室に入ると、ゼルがいつも通り自慢話をしていた。

「あっ！　噂《うわさ》をすれば旦那！　おかえりなさい！　試合の方はどうでしたっすか⁉　ああいやぁ、言わなくてもわかるっす。旦那のことだ。無謀かつ蛮勇な相手を容赦なく一撃で叩き伏《ふ》せ、悠々と勝利を得て戻ってきたんっすよね？　いやぁ、お疲れ様っす！　あ、こちらに飲み物を用意しておいたっすから、どうぞ飲んでくださいっす！　肩も揉《も》むっすか⁉」

「うむ」

見れば、バッシュが番号を呼ばれるまで座っていた椅子には柔らかいクッションが敷かれ、脇のテーブルには酒が用意してあった。

バッシュは言われるがまま椅子に座り、飲み物を手に取ると、ぐびりと音を立てて喉を潤した。

すかさずゼルが肩のあたりに張り付いて、ギュギュっと肩を押してくる。

恐らく、肩を揉んでいるつもりなのだろう。

バッシュの強靱《きょうじん》な肉体はゼルの全体重をもってしても、なんの痛痒《つうよう》もない。

が、ゼルから舞い落ちる粉が、バッシュの肩へと降り注ぎ、肩のコリがスッと取れていくのを感じた。

「あ、あの、バッシュ様？」

と、ゼルの話を聞いていた闘士の一人が寄ってきた。

金属製の鎧に、幅広の剣。控室ではありふれた格好をした、一人の男。

特筆すべきは、その顔がトカゲのようであった、という所か。

リザードマンだ。

「……なんだ？」

「お会いできて光栄です！　オイラ、パイルズ川ゲッコー族の戦士タイドナイルです！」

「ああ」

リザードマンの見た目の判別は付かず、名前に聞き覚えはない。

体付きや物腰を見るに、歴戦という感じではないが……。

「どこかで会ったか？」

ともあれ、もし知人であれば失礼だと思いそう聞いたバッシュに対し、タイドナイルは嬉《うれ》しそうに首肯した。

「はい！　自分がまだ小さい頃、命を助けていただきました。パイルズ川の戦いです」

「あの戦いか。よく覚えている」

パイルズ川の戦い。

それは、バッシュの記憶にも強く残っている戦いだった。

発端はエルフ軍の策略により、サキュバスのとある中隊が孤立したこと。

エルフ軍は孤立した中隊を狙い、ドワーフ軍と連携して執拗《しつよう》な攻撃を加えてきた。

サキュバス中隊は当然ながら撤退を選ぼうとした。

が、彼女らはある理由から、防衛戦を開始することとなった。

そうせざるを得なかった。

それは、撤退の途中で、一つの集落に通りかかってしまったからだ。

リザードマンの集落だ。

川の辺りに作られた小さな集落には、多くの非戦闘員が残されていた。

サキュバス中隊は集落の非戦闘員を見捨てることができず、そこに留まったのだ。

バッシュが救難要請を受けて集落にたどり着いた時には、すでにサキュバス中隊は壊滅状態で、リザードマンの集落はそこかしこから煙が上がっていた。

サキュバスの屈強な軍人たちの大半は血溜《ちだ》まりに倒れ、リザードマンの非戦闘員の何割かが囚《とら》われ、首に枷《かせ》をつけられ、連れ去られようとしていた。

バッシュは到着するやいなや敵軍に突貫し、サキュバス中隊を助け、捕虜を救出した。

確かに、囚われていた捕虜の中に、まだ小さなリザードマンが何人かいた。

あの中の一人なのだろう。

「はい。あのままバッシュ様が来てくださらなければ、自分は今頃、ドワーフの奴隷として、この闘技場で戦っていたかもしれません……いえ、そうなっていれば、すでに命はなかったかも……」

「そうか」

あの戦いは、バッシュの記憶にもよく残っている。しっかりと。

サキュバスの戦士たちの露《あら》わな肌とたわわな胸が。

「それにしても、貫禄《かんろく》のあるオークがいらっしゃるから、さぞ名のある方なのだろうと思ってお付きのフェアリーに聞いてみたら、まさかあの『オーク英雄《ヒーロー》』バッシュ様だとは！命の恩人に出会えたことを光栄に思います！」

と、そこで控室に「次４０９番！」と、呼ぶ声が聞こえた。

タイドナイルはその声に「あ、自分ですね」と手を上げ、闘技場の方へと歩き出し……

ふと立ち止まり、バッシュの方を振り返った。

「あ、あの、手を握らせてもらってもいいですか？」

「かまわん」

「うわぁ、大きい手だ。それになんて力強い……自分、あなたのような戦士になれるよう、精進します！」

タイドナイルはそう言うと、元気に闘技場の方へと駆けていった。

「見た所、武者修行中の若人《わこうど》って所っすか。旦那を目指すとは、実に感心な若者っすね」

バッシュの横にいたゼルが満足そうにうんうんと頷《うなず》いた。

「それで、これからどうするっすか？　義務としては二戦っすけど、もう一戦ぐらいやっとくっす？」

「いや、武器がこれだ。今日の所は引き下がろう……」

と、バッシュが言いかけた時だ。

バッシュの周囲を、筋骨隆々とした男たちが囲っていた。

どいつもこいつも口元をギュっと結び、目元に力が入っている。

ヒューマン、ビースト、ドワーフ……どいつもこいつも、見える所に傷痕を残した、むくつけき男たちである。

「何の用だ？」

喧嘩だ、とバッシュが直感的に思ったのには、理由がある。

ドバンガ孔《こう》に来てからというもの、やたらと絡《から》まれた。

酒場に行けば、必ずといっていいほど、強面《こわもて》のドワーフたちが突っかかってきて、「手を引け」だの「女と見りゃあ見境ねえのか」だのと罵詈雑言《ばりぞうごん》を叩《たた》きつけた挙げ句、逃げていく。

殴り合いすらすることなく、罵倒だけして逃げるのだ。戦士の風上にも置けない。

さしものバッシュとしても、ややフラストレーションが溜《た》まっていた。

とはいえ、ここは闘技場の控室……闘士同士の喧嘩は禁じられている。

やはりここは外に……。

「あの……俺とも握手してください！」

「レミアム高地の決戦でドラゴン倒したって本当ですか？　話を聞かせてください！」

「儂《わし》の作った剣、一度でいいから持ってみてはくれませんかのう？　それで、できれば感想を……」

男たちはもじもじしながら、そんなことを言い出した。

「はいはい。そこに並ぶっすよ！　旦那も暇じゃないんすから！」

すかさずゼルがそう言うと、普段なら「並んでるヤツを全員ぶちのめして一番になる」とでも言いそうな男たちは、いそいそと隊列を作った。

それは、とても綺麗《きれい》な二列縦隊であったという。

◆◆◆

一方その頃、プリメラは闘技場の入り口でバッシュを待っていた。

入り口近くの柱に背を預け、腕を組み、イライラと貧乏ゆすりをしながら、闘技場から離れていく人々の声に耳を傾けていた。

「あの５６６番のオーク……どう思う？」

「やべぇよ」

「俺たちは番号も遠いが……本戦で当たったらどうする？」

「棄権したい……絶対無理だ……」

「真面目に考えろ。もしここで勝てば、お前は歴史に名を残せるんだぞ……！」

「……なら、やっぱ武具狙いかな。バッシュっていやあ、十人のオーガと殴り合いの喧嘩《けんか》をしても余裕で勝てるぐらいタフなヤツだが、見た所武具はありふれた代物だ。武器だって毎回曲がってた。それを狙えばあるいは俺にもチャンスが……」

「おお、武神具祭は単なる殺し合いじゃねえってとこ、見せてやろうぜ」

武具はありふれた代物。

そんな言葉に、プリメラのイライラは溜まっていく。

この数日で、どうやらバッシュがただのオークではないらしいということはプリメラにもわかっていた。

今日までの予選十試合は、苦戦すらしなかった。

対戦相手の中には、どうやらバッシュのことを知っていたのか、決死の覚悟を決めている者が何人もいた。

それどころか、試合開始前に漏らして泣き出した者までいた。

優勝候補と目されている選手が偵察に来たし、バッシュが試合をする度に観客が増えた。

今日もまばらに観客がいたが、本戦でもないのに、見物客が入っていることは本来なら珍しいのだ。

「噂で聞いた時にはまさかって思ったけど、ありゃ本物だぜ」

「やべぇよな。あの勝った後に当然の顔して闘技場から去ってく所！」

「しびれるぜ！」

帰る観客の声はバッシュへの称賛。そして……、

「でも、武器がよくねえな」

「ああ、今日も曲がってた」

「あれじゃ、本戦出場までだな」

「とてもじゃねえが、勝ち残れねえな……」

プリメラの武具への批判だ。

(あいつが、もっと上手にあたしの武器を使えりゃ……)

プリメラは歯噛《はが》みした。

どうやらバッシュは有名な戦士だったらしい。戦場でいくつもの武勲を立てた猛者《もさ》だったらしい。

だが、それなら、もっと上手に武器を使って欲しい。

あんな、棍棒《こんぼう》でも振り回すような使い方をすれば、武器が壊れるのは自明の理のはずだ。

剣というのは、刃筋を立てて、相手へと垂直に斬り込むものだ。

そうせず、力任せに振り抜けば、刃こぼれをしたり、曲がったりするのは当然なのだ。

鍛冶師であるプリメラですら、それぐらいわかっている。

刃筋を立てて斬る。そんな単純なことすらできないで、何が高名な戦士だ。

「待たせたな」

そんな声に、プリメラはバッと顔を上げた。

そこには、いつも通り、何も考えていなさそうな間抜け面のバッシュの姿があった。

手には、見事に曲がった剣がある。

観客席からも見ていたが、やはり曲がっていた。

「貸せっ！」

プリメラは剣をひったくると、曲がった部分をまじまじと見つめた。

そしてまた歯噛みする。

刀身が、曲刀のように曲がっている。

まただ。

またこの曲がり方。横ではなく、縦に曲がる。折れるでもなく、曲がる。一体どんな使い方をしたら、こんな曲がり方になるのか。

わからない。プリメラには、わからない。

最初はこう曲がらないように色々と工夫してみたが、やっぱり曲がる。どうすれば曲がらなくなるのか、わからない。

だから怒鳴る。

「ヘタクソが！　またか！　いい加減刃筋を立てて斬れと、何度言ったらわかんだよ⁉」

「そうしているつもりなのだがな」

「ハン！　できてないじゃないか！」

その言葉に、バッシュは申し訳なさそうな顔をした。

プリメラはそれを見て、やや溜飲《りゅういん》を下げた。

もともとプリメラは戦士など誰でもいいと思っていた。弱小戦士でも、自分の武器で勝たせてみせる、と。

だから、戦士の力量のなさを責めるのは、お門違いなのだ。

ただ、その戦士の力量が思った以上になさすぎて、イライラしているだけなのだ。

「帰るよ！　もうすぐ本戦が始まるってのに、また打ち直しだ」

肩を怒らせて歩くプリメラ。

バッシュはおずおずとついてくる。

バッシュの耳元で、妖精が小声で何かを言っている。

小声すぎて聞こえないが、どうせプリメラの悪口だろう。

「ちっ！」

苛立《いらだ》ちを隠せず、舌打ちが漏れた。

◆　◆　◆

それから三日後、武神具祭本戦の開会式が行われた。

式は異様な雰囲気に包まれていた。

観客席のボルテージは最高潮。満員となった観客席から熱気が立ち上り、ドバンガ孔全体を活火山のように熱くさせていた。

それに対し、闘技場内に並ぶ闘士はシンと静まり返っていた。

いつもであれば、闘士たちは主催者であるドワーフの上役たちの言葉を聞きながら、観客に対し、己の力を鼓舞するために武器を振り上げ、雄叫《おたけ》びを上げる。

そうしない者も、武者震いを隠さず闘志を燃やし、内心で俺こそが最強だと声高に叫んでいた。

全ての戦いに勝利し、唯一の勝者となるのは俺だ。

そんな気持ちを胸に、ギラついた目を周囲に走らせるのが、決勝に残った闘士というものだ。

だが、今年は違った。

半数以上は、緊張していた。まるで怯《おび》えた子羊のように、静かにしていた。

何人かは、恐怖で顔を青ざめさせ、体をガタガタと震えさせていた。絶望に泣きそうな者までいる。

そうでない者のほとんども、直立不動だ。

彼らは胸を張り、口角が上がっている。

まるで今、ここに立っていることが誇らしいと言わんばかりに。

この場に、本戦に出場したことではなく、彼と同じ場所に並び立っていることが誇らしいのだと、言わんばかりに。

感極まって泣きそうな者までいた。

彼らが気にするのは、ただ一点。

隊列の後方……一番後ろに立つ、一人の男。

筋骨隆々とした緑の肉体を惜しげもなくさらけ出した、一人のオーク。

武神具祭は、戦士の祭典だ。

多くの種族が参加しているが、決勝に残る者はおしなべて歴戦の強者《つわもの》である。

そして歴戦の強者に、彼を知らぬ者などいない。

もし彼を知らない者がいるとするなら、戦後の三年で急激に頭角を表した者か、あるいは運よく戦争中にオークとの戦場に出なかった者だ。

いや、後者とて、名前と異名ぐらいは知っていよう。

『狂戦士』、『破壊者』、『皆殺し』、『暴れ牛』、『豪腕』、『緑色の災厄』、『竜断』、『シワナシ森の悪夢』。

それらの異名の、どれか一つぐらいは知っていよう。

オークの見分けが付かなくとも、その存在は知っていよう。

『オークの英雄《ヒーロー》』バッシュの存在を……。

そんな雰囲気の中、開会式は粛々と進み、やがて終わった。

闘士たちは誰一人、雄叫び一つ上げることなく控室へと戻っていった。

例年と違う雰囲気に、ざわついた会場。

「今年はいやにおとなしいな。ルールでも変わったか？」

「お前知らねえのか？　列の後ろの方に並んでたオーク、なんでもあいつ、戦争中に十万人もの兵士を一人で倒したとかいう逸話があるヤツで……」

「馬鹿いえ。そんなことができるかよ」

「おい、俺が聞いた噂《うわさ》は違うぞ。なんでもあいつは……」

まことしやかに流れる噂話。

バッシュを知らぬ者は噂に翻弄され、知る者は疑問を持った。

なぜ奴《やつ》がここに？

「やはり……あの一件か」

「まぁ、そうだろうな。オークが黙っているはずがない」

「まさか英雄を送り込んでくるとはな……大商人たちはやりすぎたな」

「今年の大会、凄惨なことになりそうだ……」

何人かは、察しがついていた。

だが、何をできようはずもない。

彼らは訳知り顔で頷《うなず》きあい、第一試合の開始を緊張の面持ちで待つしかできないのだ。

無論、真実を知る者はいない。

6. 武神具祭　本戦一日目

本戦開始直前、控室。

そこでは、プリメラがイライラした面持ちでバッシュと相対していた。

「いいか、本戦用の武器は、いつもより気合を入れて作ったつもりだ。けど、多分あんたの膂力《りょりょく》じゃ長くは持たない。もう刃筋を立てろとか言わないから。あんたの方で何か、長持ちさせるようなうまい方法を考えてくれ」

「わかった」

本戦では、闘士と鍛冶師にはそれぞれ専用の控室が与えられる。

控室には炉と金床があり、簡易的な鍛冶ができるようになっていた。大会ではこれらを使い、ダメージを受けた武具を修理することが許されているのだ。

ただし、修理に掛けられる時間はそれほど長くない。

闘士の試合が終わり、次の試合が始まるまで。

一回戦は三十二試合と長丁場だが、勝ち進むにつれて試合数が減っていくため、修理に掛けられる時間も短くなる。

当然、分解整備をしたり、一からパーツを作り出す時間はない。

もちろん、一日で全ての試合が行われるわけではない。

一日目に三試合を行いベスト8を決め、二日目の三試合で優勝者を決める。

たった三試合。とはいえ、歴戦の戦士が本気で打ち合う試合だ。武具には相当な負荷がかかる。

簡易的な修理で、試合を持たせる。

それが鍛冶師の本戦での戦いとも言えよう。

「とにかく、今日の三試合を乗り切らなきゃ、優勝なんて夢のまた夢なんだからな……」

プリメラは自信がなかった。

剣は、渾身《こんしん》の一振りを打ったつもりだ。

本戦までの数日を使い、丁寧に打ち出した。予選で使っていたものより、遥《はる》かに頑丈なものを用意できたと自負している。

だが、大会参加前の、あの根拠のない自信はわいてこない。

幾度となく、剣が曲がり、その原因もわからないとなれば当然だ。

「なんとかしよう」

バッシュは剣を手にし、二、三度軽く振ると、そう言った。

脇では、ゼルが匠《たくみ》の顔で頷いている。この剣は儂《わし》が育てたとでも言わんばかりだ。

と、そこでプリメラは、ゼルに目をやった。

「ゼル。あんたはいつまでそこにいるんだい？」

「えっ⁉　なんすかいきなり⁉　いちゃいけないいんすか⁉」

「ああ、いちゃいけないね」

「なんで⁉　オレっちは仲間はずれっすか？　そりゃないっすよ！　今まで三人で頑張ってきたのに！　え？　オレっちは何もやってない？　やってるっすよ⁉　例えば……おや？　その手、ちょっと違和感ないっすか？　そう、昨晩頑張りすぎて火傷したんじゃないっすか？　腱《けん》も腫れていて、ハンマーを握る手も心なしか力が入らなかった。あれれ、なのに今日は綺麗《きれい》っすね？　すべすべお手々っすね？　パワーも元通り！　なんで？　なんでっすか⁉　あ、そうか！　オレっちが治したからだ！　ほら役に立ってる！」

「ああ、うん。その件はありがとう。感謝してるよ。でも、この控室はルール上、闘士と鍛冶師以外は立入禁止なんだよ」

「あ、そうなんすか」

そう、この控室は闘士と鍛冶師以外、立入禁止なのである。

いかにゼルが、空から飛んで入ったのだ、空入は禁止されていないはずだと主張したところで、ダメなものはダメである。

ましてや治癒効果のある粉を撒《ま》き散らすフェアリーだ。

見つかれば一発でバッシュとプリメラは失格となるだろう。

「うー……わかったっすよ。じゃあオレっちは観客席で旦那の勇姿を見守らせてもらうっす。旦那、ファイトっすよ！」

「うむ」

ゼルがふよふよと飛んで控室から出ていく。

残されたのは、バッシュとプリメラ。

バッシュの視線は当然のようにプリメラに釘付《くぎづ》けだ。

プリメラは、鍛冶仕事に備え、薄着である。

大きな胸の谷間がチラチラと見え隠れし、バッシュの童貞心に火をつける。

「な、なにさ。ジロジロ見て……」

「安心しろ。見ているだけだ。オークキングの名において、異種族との同意なき性交は禁じられているからな」

「うぅ……まぁ、見るぐらいならいいけどさ……あ、あたしなんか、あんま可愛《かわい》くないだろ？」

「そんなことはない」

「そ、そうかよ……け、結構趣味悪いんだな」

プリメラは悪い気はしなかった。

思えば、プリメラが生まれて十数年。

ハーフヒューマンということで、ドワーフの美的感覚から外れた所で生きてきた。

男っ気などなかったし、言い寄ってきたのもバッシュが初めてだ。

「と、ともあれ、さっきも言ったけど、まず一回戦だ。さっきトーナメント表を見てきたけど、一回戦の相手は強豪だ。オーガのゴルゴル。知ってるだろ？」

「無論だ。肩を並べて戦ったこともある」

「じゃあ、その強さもわかるはずだ」

「頼れる戦士だ」

「まずはそいつを突破しなきゃいけない……」

「うむ」

バッシュは頷く。

その表情は相変わらず、プリメラには窺《うかが》い知れない。いつも通りにも見えたし、いつになく緊張しているようにも見えた。

「やっぱ、難しいか？」

「いや、問題ない。俺は優勝を狙うつもりでいる」

プリメラは目を見開き、バッシュを見返した。

バッシュは、相変わらずプリメラを見ている。

まっすぐな瞳。優勝できると信じてやまない、そんな瞳だ。

今まで、一度や二度振っただけで曲がった剣を手にしてきたはずなのに……。

「……優勝、か」

優勝は難しいとプリメラは思っている。

確かに、プリメラも最初は優勝を目指していた。

だが、今は現実的に難しいと考えていた。

理由はバッシュだ。

とにかくこの馬鹿力の戦士が悪い。こいつがもう少しマシな戦士で、力ではなく技量で剣を振る奴であれば、優勝できそうなものだが……。

まぁ、今回は難しいだろう。

ヘタな戦士を引いてしまったのが悪い。

優勝は難しいが、しかしプリメラには、勝ちたい相手がいる。

「とにかく、今日だ！　一日目の三回戦。せめてそこまでは勝つんだ！　いいな⁉」

「無論だ」

一日目の三回戦。

そこで当たるのは、コロというビースト族の戦士。素行が悪く、いい評判を聞かない戦士だが、腕は確かだ。

それはいい。

問題は彼の武具を打った人物であった。

それこそが、まさにプリメラがどうしても勝ちたい相手なのだ。

ずっと自分を見下してきた相手。

たとえバッシュがボンクラな戦士でも、こいつだけには勝ちたい。勝たねばならない。

そんな気持ちが、強く残っていた。

「バッシュ殿！　もうすぐ、試合になります！」

と、そこで係員が呼びに来た。

「よし、じゃあ行って来い！」

プリメラがバッシュのむき出しの肩をバシンと叩《たた》く。

バッシュはその、女性にしては決して柔らかくはないが、しかしバッシュからすると十

分に柔らかい手のひらの感触を数秒ほど堪能《たんのう》した後、

「……おう！」

と、気合の入った言葉で、控室を出るのであった。

◆◆◆

第一回戦　バッシュ対ゴルゴル

闘技場に立つのは二人の男。

一人は、赤茶色の肌をした男。

身の丈は四メートル以上あり、異常に発達した肩と顎が特徴的な種族。

オーガである。

手にしているのは、その体の大きさに見合った、幅広の剣。身を包むのは、金属製の鎧《よろい》だ。

オーガのゴルゴル。

戦争中は『鉄の巨人』の異名を持ち、四種族同盟を震え上がらせた男ということもあり、ドワーフであれば、知らぬ者はいないだろう。

今大会に参加した理由は、戦中に偶然にも知り合った友人がきっかけだ。

友人は、戦中に捕虜として捕まったドワーフ。

捕虜時代に些細《ささい》なことで意気投合した二人は、戦後も交友を深め、闘士とその鍛冶師として、毎年この大会に出場している。

一昨年の大会は十六位、去年は八位と、結果こそふるわないものの、それは友人であるドワーフが、彼の身の丈に合う武器を作り出せなかったがゆえのこと。

実力でいえば大会でも上位。優勝候補としても名が上がる戦士である。

対するは身の丈二メートル強。

緑色の肌をした、一般的なオークの戦士。

しかし、特徴のない見た目とは裏腹に、彼もまた有名な男だ。

『オークの英雄《えいゆう》』バッシュ。

オーク最強の男。

その姿を知らぬ者はいても、その名を知らぬ者はいない。あらゆる災厄の異名を持つ男。

「おいおい、一回戦から面白そうなカードだな」

「ゴルゴルの腕力は大会でも屈指だ。いかにオークといえども、真正面からじゃ勝ち目はないな」

「バッシュが、いかにしてゴルゴルの懐《ふところ》に入るかがカギか……」

観客は、一回戦からいいカードが見られると、興奮していた。

だが、一部の観客は、震えていた。

「……だってよ」

「羨ましいぜ。あいつのヤバさがわからねえなんてよ……」

「ああ、これから始まんのは、試合なんてもんじゃねえ。一方的な処刑だ」

彼らは悲痛な面持ちで歴戦のオーガを見ていた。

ゴルゴルがこれから悲惨な肉片になることを、彼らは知っていた。

なぜなら戦争中、幾度となく仲間がバッシュの手によってそうされてきたからだ。

鎧など関係ない。

どれほどの名工が鍛えた鎧を身にまとっていようとも、かのオークの一撃は鎧を残骸へと変貌させた。

『破壊者』は町だけではない。全てを破壊するのだ。

せめて、ゴルゴルには生きて帰ってほしい。

それが、バッシュを知る者たちの率直な願いだった。

「バッシュ」

「ゴルゴルか。久しいな」

そんな観客の恐れを知ってか知らずか、ゴルゴルはややにこやかな顔でバッシュに話しかけていた。

バッシュもまた、相好をやや崩している。

彼らもまた、互いのことを知っていた。

「レミアム高地の決戦以来、か。息災、だったか？」

「ああ」

「よく、オークキング、許可、国出るの」

「聡明《そうめい》で懐の深く、慈悲深い方だからな」

「ふっ」

ゴルゴルは鼻で笑った。

あの怒りと殺戮《さつりく》の化身とも言えるオークキング・ネメシスのことを『慈悲深い』などと言えるのは、世界中を探してもバッシュだけだろう。

「さて」

短いやり取りの後、ゴルゴルは剣を構えた。

剣先は天を指し示し、バッシュを影で覆い尽くした。

その顔はといえば、いかつくゆがんでいた。口元が引き締められ、奥歯を噛《か》み締めているのだ。

勇敢なオーガの顔だった。

絶対に勝てないとわかっている相手、挑めば死ぬとわかっている相手に挑む時の男の顔だった。

「やる、か」

「うむ」

バッシュが剣を構えると、空気が一瞬で冷えた。

ただの構えだった。

本当に、剣を振りやすいように構えただけの、シンプルな立ち姿。だが、そこから隙を見いだせる者は、ゴルゴルは無論、観客の中にも誰一人としていなかった。

勝負は一瞬で決まると、誰もが理解できた。

酒飲みのドワーフは両手に持った酒を口元に持っていくことを忘れた。

母親に抱かれ泣きわめいていた赤子は口を閉じて息を呑《の》んだ。

それほどまでに、バッシュの構えからは、絶対的な強さがにじみ出ていた。

相対したゴルゴルが、悲愴に見えるほどに。

「ヌンッ！」

ゴルゴルが動いた。

構えた剣を振り下ろす、何の変哲もない一撃。牽制《けんせい》でありながら、直撃すれば相手を消し飛ばす、圧倒的な質量。

轟音《ごうおん》。ぶわりと砂埃《すなぼこり》が舞い、土塊が飛び散る。

バッシュの視界が遮られた。

観客の誰かがそう思った瞬間、砂埃の中から何かが飛び出した。

観客は、それはゴルゴルの肉片だと思った。

特に戦場に長くいた戦士ほど、そう思った。

なぜなら、今までバッシュに挑んできた兵士たちは、全員そうなったから。

一度でもバッシュと相対したことがある者は、その記憶がまざまざと脳裏に残っているから……。

しかし、違う。

肉片でも、血しぶきでもなかった。

『何か』は、ヒュンと軽い音を立てて飛ぶと、再度、轟音と共に闘技場の地面に着弾、砂埃を上げた。

そこで、その『何か』の正体が明らかになった。

それは、鉄の塊だった。

ドワーフにとって、いやさこの場にいる誰もが見慣れた形状をしたそれを、人は『剣先』と呼んだ。

見れば、ゴルゴルが振り下ろした剣は、半ばから先を失っていた。

レフェリーが叫んだ。

「勝者、バッシュ！」

一瞬の出来事であった。

結論から言えば、バッシュがゴルゴルの剣を叩き折ったのだろうということは予想がついた。

あるいは、ゴルゴルが剣を地面に叩きつけた結果、剣が折れたようにも見えたが、決勝に残るような闘士の剣が、地面に叩きつけた程度で折れ飛ぶはずもない。

歓声はない。

誰もが、何が起こったのか、あまり理解していなかった。

まさか『破壊者』バッシュが、手心を加えたとでもいうのだろうか……と。

バッシュは剣を鞘《さや》に戻すと、控室へと戻っていく。

ゴルゴルは呆然《ぼうぜん》とその後ろ姿を見る。

観客は、彼がまた暴れだすのではないかと危惧した。

去年の大会では、武器を破壊されてなお負けを認めず、ゴルゴルは暴れ続けた。

今年もそうなるのかもしれない、と。

だが、彼はやがて諦めたように目を瞑《つぶ》ると、膝をついて、両手の拳を地面へとつけた。

それはオーガ族の、敗北の礼であった。

オーガにとって屈辱的な、しかし絶対的な強者に対してすべきと言われている礼……。

何が起こったのか、誰にもわからない。

だが、あのゴルゴルが負けを認めたのはわかった。

去年、血まみれになりつつも、何人もの戦士に総掛かりで押さえつけられ、自分はまだ負けていないと叫んだゴルゴルが、ただの一撃、それも己の体に傷すらついていないのに、戦意を喪失したのだ、と。

その事実が観客に浸透していき……やがて轟音のような歓声が起こった。

◆　◆　◆

第二回戦　バッシュ対ゲドン

バッシュが闘技場に立った時、まだ相手は来ていなかった。

バッシュは剣を持ったまま、堂々と相手を待つことにした。

しかし、待てど暮らせど相手は来ない。観客席からはブーイングがまきおこり、闘技場を包み込む。

やがて、一人のドワーフが闘技場へと現れる。

それは、一回戦の時にバッシュを呼びに来たドワーフであった。

彼が相手なのか。そう思い剣を構えるバッシュだが、ドワーフは剣を持っていなかった。

腰に差した赤色の旗を引き抜き、全体に見えるように振った。

ブーイングが更に増し……。

「勝者、バッシュ！」

バッシュの勝利が宣言された。

ゲドンは棄権であった。

◆　◆　◆

第三回戦　バッシュ対コロ

そうして、バッシュは第三回戦へと駒を進めた。

バッシュが闘技場に顔を出すと、対戦相手の姿はまだ見えない。

バッシュは目を瞑り、控室でのプリメラとの会話を思い出す。

プリメラは二回戦の不戦勝を喜ぶと、「次だ。次こそが重要だ……」と、自分に言い聞かせるように激励してくれた。

革の上着一枚を着ただけの姿は、バッシュのやる気をモリモリと上昇させてくれた。

プリメラは喜んでいたが、バッシュとしては二回戦の相手が棄権したのは残念だった。

一回戦の後、プリメラはバッシュの武具を炉で修理したのだが、その時、プリメラの鍛治姿は非常に艶《あで》やかだったからだ。

槌《つち》を振るう度に胸が揺れ、汗を拭う度に腋《わき》が見える。脇が見えれば、普段はなかなか見ることのできない、胸の付け根あたりを横から観察することもできた。

バッシュは襲いかかりたくなる衝動を抑えるのに必死だった。

「虎の門より入場！　闘士コロ！」

と、バッシュの正面より、一人の男が入ってきた。

黒い毛並みを持ち、獣の目鼻立ちをした男。

まだ若い。

恐らくバッシュよりも数歳は年下だろう。

コロ。その名はバッシュも知っている。若くして、ビースト軍の特攻隊長だった男だ。

ビースト軍の特攻隊長と言えば、敵陣に深く切り込み、内部から本隊と挟撃することで有名だ。

自殺のようなその戦術を用いて、死なずに終戦を迎えた男。実力は折り紙付き。

それどころか、戦中に狼牙大光章《ろうがだいこうしょう》をもらっている。

戦場において最も勇敢であり、幾度も勝利を導いたとされる者に授けられる勲章だ。

（ふむ）

さて、ここから先はバッシュの知らぬ話である。

この勲章持ちの特攻隊長。

その戦果たるや、オークの国であれば、何不自由なく暮らせるほどの地位が約束されるものであった。

それがなぜこんな所にいるのか。

それは素行の悪さが問題だった。

彼は戦後、幾度となく暴力事件を起こしていた。その結果ビースト国で居場所を失い、追い出されるようにして国を出て、諸国放浪の末、このドバンガ孔《こう》へと流れ着いたのだ。

当然、ドバンガ孔でもその素行の悪さは変わらなかった。

ただ、ドバンガ孔には一点だけ、他と違うことがあった。

そう、このドバンガ孔には、闘技場があったのだ。

強さこそが至上だと疑わないこの男は、戦後の平和な世界にて、ようやく自分の居場所を見つけることができたのである。

しかし、去年の武神具祭では、辛酸をなめることとなった。

彼の去年の成績は、二回戦落ち。

初出場ながら健闘したと言えるが、彼は燃えた。

技を磨き、下げたくもない頭を下げた。

だが、素行の悪さゆえ、武神具祭において最も重要なものが手に入らないでいた。

そう、武具だ。

そんな彼の元に現れたのは、一人のドワーフだった。

そのドワーフは、気風《きっぷ》のいい口調で、コロの素行の悪さを叱った。

『そんな怯《おび》えた犬みたいに吠《ほ》えてないで、もっと堂々としていな』

コロはむかついてその鍛冶師を殴り飛ばして撃退したが、さすがはドワーフといった所か、翌日にはケロッとした顔で現れて、やはりコロの素行の悪さを叱ってきた。

『一度でいいから言う通りにしてみろ』

ドワーフは何度もそう言った。コロは絶対に言うことを聞いてやるもんかと思っていたが、ある日、ふと、気まぐれでドワーフの言葉に従ってみた。

闘技場で、相手を倒した直後のことだった。

いつもだったら蹴り飛ばし、口汚い言葉で罵倒し、唾を吐いていた相手を、助け起こしてみたのだ。

その戦いはかなり苦戦していた。コロとしても疲れていて、トドメをさす元気も残っていなかったから、きっと気の迷いだったんだろうと思う。

次の瞬間、コロは祝福された。

闘技場にいた全ての客から称賛の声を与えられた。

戦中以来、受けたことのない、称賛の声だ。

コロはその日から、少し変わった。

素行の悪さ自体は、さほど変わっていない。

態度は大きいし、道端に唾を吐くし、試合前に口汚い言葉で相手を罵倒することもある。

だが少なくとも、敗北した相手を踏みつけにすることはなくなった。

それを知り、彼を叱ったドワーフは喜んだ。

やればできるじゃないかと、コロを褒めてくれた。

コロはいい気分になり、そのドワーフに武神具祭での武具の製作を頼んでみた。

ドワーフはやや驚いていたが、すぐに快諾してくれた。

それから数ヶ月、ドワーフは試行錯誤を繰り返し、コロの体に合った武具を作ってくれた。

鍛冶師がいて、武具もある。

万全の態勢で、今年の大会に臨むこととなった。

そんな彼に力を貸したドワーフの鍛冶師。

名をカルメラドバンガと言う。

「……」

観客は、コロがバッシュを前にし、きっと口汚く罵るだろうと思っていた。

今までずっと、コロはそうしてきた。戦いの前に、相手を必ず嘲り貶《おとし》めるのだ。

だから、今回もそうして相手を馬鹿にし、無様に負けろと思っていた。

だが、違った。

彼は試合開始前に尻尾を丸め、バッシュに一礼をしたのだ。

今までにないことだった。

コロが試合前に相手を威嚇することはあれども、礼をしたことなどなかった。

ビーストの戦士が礼をする……。

それは、明らかに自分より格上の戦士に胸を貸してもらう時だけだ。

コロは認めているのだ。バッシュが自分より格上の相手であることを。

その後の構えも、いつもの相手を小馬鹿にしたようなものではない。

腰を低く落とし、半身で、剣を咥《くわ》えるような位置で横に持つ、ビースト軍剣術の正式な構え。

堂に入ったその構えであった。

「あんたと戦えて、光栄だ……です」

コロ自身、自分がこんな殊勝な態度を取るとは思っていなかった。

たとえ勇者レトが相手でも、自分の方が強《つえ》ぇ、なんなら証明してやるぜ、と言い切るつもりだった。

だが、自然とそんな礼をし、自然と言葉が漏れていた。

理由はコロにもわからない。

ただ、ここは武神具祭の三回戦。

去年はたどり着けなかった場所、自分一人では来れなかった場所。

相手はオークの英雄《えいゆう》バッシュ。戦場に長くいた者なら知らぬ者などいない、歴戦の戦士。

だからこうすべきだと、コロは思ったのだ。

自分がなぜこんな態度を取っているのか、疑問になど思わなかった。

「うむ」

バッシュもまた頷《うなず》き、剣を構える。

試合は静かに始まった。

コロは音もなく走り出し、バッシュの右手側へと回り込む。

急ブレーキと急旋回。バッシュの右から左へ、抜けるように走り込み、剣を振り抜く。

一閃《いっせん》。

いつしかバッシュの腕は振り抜かれており、コロは子犬のようにふっとばされていた。

高さにして数メートル。彼の体はコロシアムの壁を軽々と越え、観客席へと叩《たた》きつけられた。

幸いにして、巻き添えとなった観客はいなかった。

だが、コロにしてみれば、不幸にもクッションとなるものがなかったと言える。

コロは起き上がってはこなかった。

「勝者、バッシュ！」

試合はすぐに終わった。

バッシュの勝利で。

コロは一部の観客の思惑通り、無様な敗北を喫した。

だが、そんな彼を笑う者はいなかった。それどころか、まばらながらも拍手が送られるのであった。

こうして、バッシュの決勝トーナメント出場が決定した。

7. 未熟者と奴隷

武神具祭《ぶしんぐさい》三回戦突破。

それは非常に名誉なことの一つだ。

闘士は己の力を、鍛冶師は己の腕をそれぞれ証明できたと言える。

少なくともドバンガ孔《こう》においては、数年は自慢できる。

「……」

だが、プリメラの心は晴れやかとは言いがたかった。

確かに、目的は達成された。

三回戦において、自分の作った武具を身にまとった闘士が、姉の作った武具を身にまとった闘士を倒した。

どうだ、見たか、あたしの方が上なんだ。

もう二度と出来損ないのミソッカスだなんて言わせない。

そんな気持ちになると思っていた。

（……）

一日の戦いを終え、自分の工房に戻ってきたプリメラは、難しい顔をしていた。

彼女の手にあるのは、バッシュが試合で使った剣だ。

三試合を越えてきた剣。

それは当然のように……まっすぐに伸び、切っ先が鈍く輝いていた。

今までのように曲がってはいない。それどころか、刃こぼれすらしていない。

自分の腕が上達したから、丹精込めた一本だから曲がらなかった？

違う。

プリメラは作業台の上に置いた、篭手に目をつける。

そこには、ひしゃげてグシャグシャになった篭手があった。

手首と拳を守るための篭手。

当然、バッシュに合わせてかなり分厚く、頑丈に作ってあり、予選では、金具が緩むことはあれども、傷が付いたことはなかった。

だが、今、篭手を構成する鉄はひしゃげ、破れていた。

まるで、何かが高速でぶち当たってきたかのような壊れ方。

(篭手で相手を、殴ったんだ)

バッシュは剣を使わなかった。

それが証拠に、一回戦でも直したのは剣ではなく篭手だった。

ゴルゴルの大剣を篭手で殴り折って勝利したのだ。

(工夫しろとは言ったけど……)

鎧《よろい》で相手をぶん殴る。

ルール的には限りなくグレーだ。

今大会では、武器は剣だけが許されている。形状を統一することで、強度の公平性を保つのが目的だ。

当然、試合中に別の武器を扱うのはルール違反。鎧を武器として使うのは、反則となる。

とはいえ、激しいつばぜり合いにでもなれば、剣だけでの攻撃では済まない場合も出てくる。

肘打ちや膝蹴り、頭突きをとっさに出す選手も大勢いる。

それら全てに反則を取るほど、ドワーフの武闘会は繊細ではない。

つまり、鎧で殴ること自体は大丈夫なのだ。

もちろん、あからさまな武器の形状をした鎧であれば、失格となるが……。

プリメラの打った鎧はスタンダードな形をしているため、その心配はない。

とはいえ、鎧は鎧だ。

こんな使い方は想定していない。修繕はできるが、完璧に元通りとはいかない。

いずれ限界を迎え、壊れてしまうだろう。

剣は使われず、鎧は想定外の使い方をされる。

鍛冶師として、これほど屈辱的なことはない。

さすがに、これで勝ち誇れるほど、プリメラは阿呆《あほう》ではなかった。

「とにかく、鎧は直さないと……」

プリメラはそう言いつつ、金属インゴットをしまってある箱を覗《のぞ》いて、難しい顔をした。

そこに入っている金属インゴットは、よくある普通の鉄だった。

プリメラが鉱石から選んだ質の良いものであるが、少々量が少なかった。

普通に考えれば、大会が終わるまで十分に持つ量は残っているが……。

「このまま鎧ばっかり壊されるようだったら、こんなもんじゃ足りな……」

そこまで言って、言葉に詰まる。

思えば、バッシュは剣こそ壊すものの、鎧は今の今まで、一度も壊したことはなかった。

武器だけを壊しつつ、いつも余裕で勝利を収めてきた。

「……」

そのことに、プリメラはチクリと胸に痛みを覚えた。

だが、それを言語化するより前に、足が動いていた。

隣の部屋でフェアリーと何かを話していたバッシュに声を掛ける。

「ホラ！　あんたが防具まで壊し始めたもんだから、材料が足りなくなっちまった。買い足しにいくからついてきな！」

「うむ。わかった」

バッシュは三回戦分の疲れなどないかのように……いや実際ないのだろうが、とにかくサッと立ち上がると、プリメラに続いた。


そうして、また鉱石市場へとやってきた。

プリメラにとっては、物心ついた時から幾度となく足を運び、鉱石の目利《めき》きを学んできた場所だ。

今となっては、どこの店にどんな鉱石が置いてあるのか、質はどうなのか、金額は適正なのか……そういったことを全て理解している。

目利きに時間が掛かることもない。

最高級の鉱石はすぐにわかるし、一番良いものでなくとも、腕さえあれば一流の武具は作り出せると信じていたからだ。そして、自分にはその腕があるとも。

だから、いつもはすぐに必要なものを購入して帰っていった。

何一つ、迷うことなく。

「ん……」

そんなプリメラは今、悩んでいた。

鉱石の山を前に、一つ一つ手に取り、難しい顔をしては棚へと戻していく。

鈍色《にびいろ》の塊の山を見ていたかと思えば首を振り、赤褐色の山へと足を運ぶ。そこでもやはり難しい顔をしては、唇を噛《か》んで首を振る。

「もー、鉱石一つ買うのに、一体どんだけ掛かってるんすか⁉」

そんなプリメラに痺《しび》れを切らしたのは、一匹のフェアリーだった。

このフェアリーが痺れを切らさなかったことなどないのだが。

「……次は決勝戦なんだ。どんだけ悩んだって足りないくらいだろ」

「は～あ。いいっすか？　そりゃ悩むのも大事っすけど、こんな時まで悩んでたらダメっすよ。買い物ってのは、いわば戦場っす！　戦場では最初に自分が何をすべきか、事前に決めておくもんっす！　つまり買い物も、家を出る前から何を買うか決めておくものっす。そりゃ売り場に来たら目移りすることもあるっすけど、目的のものをまずバシンと買って、残ったお金でどうするか決めればいいんす！　ね、旦那！」

「そうだな。戦場での迷いは死に繋《つな》がる。そうして死んでいった者は何人も見てきた。特に、明日が決戦である時に迷っていた者は大抵が死んだものだ」

「だったら！」

プリメラはバッシュの言葉で振り返る。

その表情は、いつもと違った。

眉は吊《つ》り上がり、歯はむき出しで、いつも通りの怒った表情だが、握られた拳は震え、目には動揺と迷いが見て取れた。

「だったら……なんだ？」

「……」

プリメラは次の言葉を紡《つむ》げない。

この次の言葉は、言ってはいけない気がしたからだ。

言ったら、自分が大切に思っているはずの何かが崩れてしまう気がしたからだ。

「あ、あんただったら、どう思う？　鎧の材質」

「俺は鉱石については詳しくない」

「でも、どういう鎧がいいとか、あるだろ？　明日が決戦って時に、こんな鎧を身に着けていたら安心だ、とかさ」

期待は、あまりしていなかった。

思えばこのオークは、今まで一度だって注文を付けたことがなかったからだ。

いや、違う。プリメラが言わせなかったのだ。お前がヘタなんだからお前がどうにかしろと言い続けて、それ以上の会話をしなかったからだ。

とはいえ、雑なバッシュから、まともな答えが返ってくるとは思っていなかった。

返ってくるとしても、頑丈であればいいとか、そんな感じだと予想していた。

「鎧は慣れたものがいい。明日は決勝戦だが、今の鎧にも慣れてきた所だ。より頑丈であるに越したことはないが、できれば大きく変えない方がいい」

「なに？」

「いや……もう少し深く踏み込めた方がいいか。踝《くるぶし》のあたりだけは、もう少しなんとかしてくれ」

「……」

バッシュの言葉は、予想通りの大雑把で、決して具体的とは言えないものだった。

けれどもプリメラは岩で頭を殴られたような気分になった。

その後、プリメラはバッシュと別れた。

プリメラが、バッシュが工房にいると気が散るから、酒でも飲んでこいと追い出した形である。

無論、その言葉には元気などなかったが……。

ともあれ、結局鉱石は買ってこなかった。

材質を変えないでいいのなら、在庫は十分にあるのだから。

プリメラは、炉の前でボーッとしていた。

次は決勝戦。剣に鎧、改良すべき所は改良し、直すべき所は直して、より良くすべきだという意識はあったが、手は動かなかった。

どう、動かせばいいのか、わからなかった。

「?」

と、その時、工房の扉を叩《たた》く者がいた。

コンコンと、遠慮がちに叩かれる扉。

バッシュが帰ってきたにしては、少々早い。

ドワーフ同様、オークも酒好きのはずだし、日が変わるぐらいまでは飲んでいるはずだ。

そう思った所で、プリメラは体を固くした。

明日の決勝トーナメントで当たるであろう、トップ8の面々。

そこには、ドバンガ一族の長男であるバラバラドバンガの名前もあった。

まさか、彼を勝たせるため、ドバンガ一族の誰かが刺客を送り込んできたのでは……。

が、プリメラはすぐに首を振った。

(いや、それならノックはしないか)

妨害なら、もっと派手にやるだろう。扉を蹴破り、プリメラの工房を破壊し尽くし、意気揚々と帰っていく。

それぐらいのことはするはずだ。

そう思い、プリメラは無警戒に扉を開けた。

「……!」

すると、そこには予想だにしない人物が立っていた。

いや、予想していなかったと言えば嘘《うそ》になるだろう。

彼女は、夢想していたのだから。

武神具祭に出て、目にもの見せてやって、自分をバカにしていた奴《やつ》が、涙を流して膝をつき、謝るのを。

「姉さん……」

「よぉ……」

そこにいたのは、カルメラドバンガ。

姉だった。

もっとも、彼女は膝などついてはいなかった。居心地の悪そうな表情で、腕を組んで立っていた。

「何しにきたのさ」

「まぁ……なんだ。言いたいことはあるけど、結果は出たからね」

三回戦の相手。

ビーストの戦士コロ。

バッシュが一撃で殴り倒した相手。

カルメラは二日目に残れず、プリメラは残っている。それが結果だ。

「今まで、悪かったよ。アンタのこと、見くびりすぎてたみたいだ」

カルメラはそう言って腰に下げた酒瓶を、プリメラへと差し出した。

謝罪と賛辞は酒と共に。ドワーフの常識だ。

この酒を受け取れば、プリメラは謝罪を受け入れたことになる。

「……」

しかし、プリメラは酒に手を伸ばせなかった。

「やっぱり、許しちゃくれないのかい？」

苦笑いしつつ、酒を引っ込めるカルメラ。

「……」

プリメラの心境は複雑だった。

自分は、確かにこの瞬間を望んでいたはずだった。

この酒瓶を受け取り、「もう二度と母さんの悪口を言うんじゃないよ」と言い放つのが夢だったはずだ。

けど、プリメラの手は動かない。

「ともあれ、ベスト8進出おめでとう」

「うん……」

「なんだい、もっと喜んでるかと思ったのに、シケた顔だね」

確かに、バッシュはコロに……姉の闘士に勝った。

じゃあ、それはプリメラの勝利と言えるのか？

言えるわけがない。

剣は曲がる、鎧《よろい》はひしゃげる。

バッシュの快進撃を見ていればわかる。

バッシュは手加減している。優勝を目指し、精一杯、武具を傷つけないように、力を加減して、敵を打倒している。武具とは、己を傷つけないために身に着けるもののはずなのに。

恥ずべきことだとプリメラは思う。

己の打った鎧を気遣われる鍛冶師が、どこにいるものか。

「もう行ってよ……」

「……はぁ、まーた不貞腐《ふてくさ》れてるのかい？　それだから未熟だって言うんだよ。そりゃ、一流の戦士に武具を作るのは難しいさ。あのバッシュって戦士がどれほど有名かはアタシは知らないけどね、試合を見てりゃトップクラスなのはわかる。親父《おやじ》が他のドワーフの武具に満足できなかったみたいに、並の武具じゃ一流の戦士は満足するどころか……」

「いいから行けよ！」

プリメラに突き飛ばされ、カルメラは数歩ほどたたらを踏んだ。

「アンタね、そんなだから……！」

怒りから非難しようとしたカルメラは、息を呑《の》んだ。

プリメラの目から涙がこぼれ落ちていたのだ。

思えば、プリメラはあまり泣かない子だった。

何を言われても、歯を食いしばって怒ったり、虚勢を張ったりするばかりで、泣くことはなかった。

「……わかった。アタシはもう行くよ」

カルメラはそう言うと、踵《きびす》を返した。

しかし数歩進んで、ふと立ち止まった。

「けどね、プリメラ。アンタ、そろそろ認めないと、ダメになるよ……」

最後にそう言い残し、彼女は去っていった。

プリメラはそれを見送ることすらせず、工房に戻り、立ち尽くした。

目の前には、壊れた右篭手と、修繕の痕が色濃く残る左篭手がある。

それと、恐らくバッシュが振れば曲がるであろう、幅広の大剣が。

「どうすりゃいいんだよ」

プリメラは鼻を啜《すす》り、そう呟《つぶや》いた。

◆　◆　◆

その頃、バッシュは酒場にいた。

本戦の一日目を無事に通過できたことで、ゼルと一緒にささやかな祝杯を上げていた。

戦士にとって、戦いの勝利後の飲み会は何より重要だ。

勝利とは喜ばしいものなのだから、喜ばなければ嘘なのだ。

オークの場合、本来ならそこに女を思う様に犯しまくることも含まれるのだが……。

それは、二日目の優勝の後に取っておけばいい。

なにせ、明日勝利すれば、合法的に嫁を手に入れ、ヤリ放題の毎日が待っているのだから。

「そこで旦那の登場っす！　旦那は到着すると、周囲をじっと見渡した……倒れる仲間、粋がる敵兵。旦那が黙っているわけがない！　吠《ほ》える旦那！　弾《はじ》け飛ぶ敵兵！　燃え尽きるほどのヒート！」

「おおぉぉ～！」

バッシュの席では、ゼルが演劇を行っていた。

テーブルナイフを両手に持ったゼルが、右に行っては牛のもも肉の塊を切りつけ、左に行っては豚の燻製《くんせい》にナイフを突き立てる。

それを見て、周囲の男たちが喝采を上げている。

もっとも、男たちの視線はゼルというより、ゼルの話の内容、ひいてはバッシュの方に向けられている。

戦争の英雄《えいゆう》は数いれど、バッシュは特別だ。生きた伝説と言っても過言ではない。

そんな人物と酒の席を共にできるなど、滅多にないことなのだ。

バッシュの周囲には様々な種族がいた。

ドワーフはもちろん、ヒューマンやビーストの姿も見て取れる。

武神具祭でバッシュに敗北したオーガのゴルゴルや、ビーストのコロも、当然のようにゼルの語る武勇伝に耳を傾けていた。

バッシュの武勇伝、出てくる敵兵とはすなわち自分たちの身内だったかもしれない者なのだが、気にする者はこの場にはいない。

こういう武勇伝に出てくる敵というのは、いつだってただの『敵兵』なのだから。

そう割り切れない者は、そもそもバッシュに近付こうとはしないだろう。

「……」

バッシュは酒をがぶがぶと飲みつつも、難しい顔でだんまりを続けている。

怒っているわけではない。

内心は冷や汗をかいている。いつ女性遍歴を聞かれるのかと戦々恐々としている。

オークの祝宴なら、必ず聞かれる項目だから。

ちなみに、他種族でそんなことを気にする者はそう多くはない。

まぁいるにはいるが、サキュバスでもあるまいに、滅多にないこの機会に、わざわざそんな下世話なことを聞く者はいまい。

そして周囲にいる者は、そんなバッシュの態度が、実に硬派なものに見えている。

戦争の英雄と言えば、大した成果も上げていないのに自慢話をする者ばかりだ。

もちろん、中には大層な実績を残した者もいるにはいるが、ここにいるほとんどの者は、そうした話は聞き飽きている。

なんなら、自分の方が実績を残しているぐらいである。

眼《め》の前にいるのは、自分より明らかにすごいことを成し遂げた人物。

偽物《にせもの》でないことは、今日の試合を見れば明らかだ。

だというのに、多くを語らない。

時にゼルから振られる「あれは、いつの戦いでしたっけ?」とか「確か、あの時の敵は五百人以上いたっすよね!」という問いに、「アーロゲン湿地での戦いだ」とか「そんなにはいない。五十人程度だった」と答える程度。

実に渋い。

しかしてその話の信憑《しんぴょう》性は確かだ。なぜなら、時折バッシュの戦いを知る者が「俺、その戦い見てた」とか「知ってるぞ、その話」と思い出すからだ。

彼らはバッシュが伝説の男であることを確信する。

俺たちは今、すごい男と一緒に酒を飲んでいるぞ、と。

「おっと、もうこんな時間だ。旦那、そろそろ帰りましょう。旦那は一年ぐらい寝なくても大丈夫っすけど、明日も試合があるっすからね。万全な体調で臨まないと」

「そうだな」

ゼルの言葉でバッシュは立ち上がった。

ちやほやされるのは嫌いではないが、目的があってここにいる。

この場に美女の一人や二人でもいれば話は別だが、今は試合に集中したい。

優勝できるかできないか。そこには天と地ほどの差がある。

今まで寝不足で敗北したことなど一度もないが、負けそうな理由は、少しでも排除しておきたかった。

「おい、バッシュさんがお帰りになるぞ！」

「ここの勘定は俺が！」

「馬鹿！　俺がバッシュさんに奢《おご》るんだよ！」

「いや、俺が……！」

男たちが英雄に奢るという名誉を手に入れんとするため争い出したのを尻目に、バッシュは店から出た。

もう夜も遅い。

というのに、祭りというだけあって、通りには人が溢《あふ》れていた。

バッシュは人混みを縫いつつ、プリメラの工房へと歩き始めた。

気分はいい。勝利の美酒は気分を高揚させ、足取りを軽くしてくれる。

もっとも、本当の勝利は今ではない。明日である。

優勝すれば、バッシュは嫁を手に入れる。明日のこの時間を思えば、バッシュの足取りは天にも昇らんばかりだ。

とはいえ、油断は禁物である。

バッシュは気を引き締めて帰路を急ぎ……。

不意に、腕を取られた。

「!?」

一瞬にして路地裏へと引きずり込まれる。

とはいえ、バッシュだ。

唐突に引っ張られたにもかかわらず、バランスを崩すことなく、犯人の前へと仁王立ちした。

「誰だ！」

バッシュの腕を摑《つか》んでいたのは、フードを目深《まぶか》にかぶった男だった。

バッシュはその立ち振舞いだけで、彼が歴戦の戦士だと看破した。

その腕は太く、バッシュと同等かそれ以上。重心は低く、そう簡単には倒れまい。

だが、目についたのはそこだけではない。彼の足についている鎖、そして鎖の先につながっている、ヒューマンの頭ぐらいはあるであろう鉄球だ。

奴隷なのだ、彼は。

「開会式で見た時はまさかと思ったが、やっぱてめぇかよ、バッシュゥ！」

フードの男はそう言うと、ゆっくりとフードを上げた。

その下に現れた顔。それはバッシュとよく似ていた。

緑色の肌に、むき出しの牙。

オークだ。

一般的なグリーンオーク。

色合いはバッシュよりやや濃いが、それ以上に火傷の痕が目立つ顔。

よく見れば、バッシュを摑んでいる左手には、薬指と小指がない。

その顔にも、その手にも……いや、それ以前に、バッシュはその声にも聞き覚えがあった。間違いない。

「まさか、ドンゾイか?」

「ああ、ドンゾイ様だ!」

「まさか、死んだと思っていたぞ!」

「お生憎様《あいにくさま》、生きてたさ、ずっとな!」

ドンゾイが死んだと思われたのは、ドバンガ孔の戦いの時だった。

といっても、死体を確認したわけではない。

当時、七種族連合は連敗を続け、バッシュたちも幾度となく敗北しつづけた。

その際、仲間は一人、また一人といなくなっていった。

ドンゾイがいなくなったのも、確かその時だ。

戦場で仲間がいなくなるというのは、死亡と同義である。

勇敢なオークの戦士が、戦場から逃げて帰ってこないなどありえないのだから。

「ドンゾイの旦那じゃないっすかぁ!　お久しぶりっすねぇ!」

「ハハッ、ゼルも一緒か!」

だが、オークというのは雑な種族だ。

仮に部隊とはぐれても、別の氏族に合流できれば、その氏族の別の部隊に編入されることもある。

そして後日、元の部隊の仲間とバッタリ出会って「生きとったんかワレェ！」と再会を喜ぶのだ。

「お前らも元気そうじゃねえか、え、バッシュよ。今は『英雄《ヒーロー》』なんて呼ばれてんのか？お前にピッタリだなぁオイ！」

「ああ、いや、うむ……」

バッシュはそこで、ドンゾイの足についた鎖を見た。

よく見れば、ドンゾイは首にも太い鉄輪《てつわ》がついている。

奴隷なのだ。

オークが出奔し、外国で悪さをして捕まり、奴隷になる。

先日、闘技場で戦っていたオークのよう……いや、今思えばあれもドンゾイか。

バッシュは闘技場で戦うドンゾイを見て、掟《おきて》を破ったオークの末路としてふさわしいと言い切った。

その気持ちは、今も変わらない。

だが、ドンゾイはそんなオークではなかったはずだ。

用意周到で工夫を怠らない男だが、勇敢な戦士には違いなく、戦いに身を投じることを誇りに思う男だ。

オークキングの命に逆らうほどの愚か者ではなかったはず。

「……なぜ、そうなっている？」

「ああ、これか……情けねえ話だが、こりゃ俺たちの……いや、俺の力不足だ」

バッシュの問いに対しドンゾイが見せたのは、申し訳なさそうな、そして悔しそうな表情だった。

しかし、その表情はすぐに消えた。

「けど、今年はなんとかなる。安心しな。オークの誇りをこれ以上は汚《けが》させねえよ。オークキングの名にかけてもな」

「……」

バッシュにはイマイチ、その言葉の意味がわからなかった。

だが、オークキングの名前まで出したのだ。

きっとドンゾイもはぐれとなったことを後悔し、奴隷になり、あのような恥ずかしい戦いを見世物にされるに至り、反省したのだろうと推測できた。

ならば、バッシュは許すつもりだった。

同じ小隊で生死を共にした戦友として、幾度となく命を助け合ってきた仲なのだから。

なんなら、国に戻り、オークキングにとりなしてやることもできた。

「そういうお前は、なんでこんな所に……なんて、聞くまでもねえか。悪いな。迷惑掛けちまって」

「いや、迷惑などではないが……」

「お前ならそう言うと思ったぜ、やっぱりお前は、俺たちブーダース中隊の誇りだぜ！」

バッシュを手放しで褒めるドンゾイだったが、そこでもう一度、申し訳なさそうな顔をした。

「でもなバッシュ。せっかく来てくれて悪いんだが……明日の試合、このままいきゃあ、俺たちは決勝戦で当たっちまう」

「そうなのか。だが、それがどうした？」

「言いにくいんだが……」

ドンゾイは言うべきかどうか、迷った表情をしていた。

だが、意を決するようにバッシュを見ると、言い放った。

「明日の試合、負けてくれねえか？」

「なに？」

「いや、オークの英雄《えいゆう》たるお前を、俺なんかに負けさせるわけにはいかねえな。会場に来てくれないだけでいい」

「……なぜだ？　なぜそんなことを？」

「なぜ？　おいおい、俺の口からそんなことまで言わせる気かよ。勘弁してくれ。俺にだって、プライドってもんがあるんだぜ？　お前と比べりゃあ、ちんけなものかもしれねえけどよ」

ドンゾイは苦笑しながらそう言った。答えてくれる気はないらしい。

わざと負ける。

わざと試合に出ない。

しようと思えば、できないことはない。

臆病風に吹かれたと思われるのは癪《しゃく》だし、己の名誉に傷も付くとは思う。

だが、かつての戦友のたっての頼みであるならば、それを許容するだけの度量がバッシュにはある。

「しかし、俺も目的があってここに来ている」

「ああ、みなまで言うな、わかってるさ。臆病風に吹かれて逃げ出したなんて、誰にも絶対に言わせねえ。お前の誇りは俺たち全員が守ってやるし、礼も後でちゃんとする。ああそうだ、なんだったら、俺の女をやろうか？」

「……待て。奴隷なのに女を与えられているのか？」

「ああ、ああ、これまた奴隷の女だがな。エリンディって名前で……まぁ、いい女だ。体は健康で、もう三人も産んでる……無事に帰れたら嫁にでもしようと思ってたが、ま、お前にやるなら惜しくねえ」

バッシュは仏頂面《ぶっちょうづら》をしたと思う。

バッシュとてオーク。

英雄とはいえ、人並みに嫉妬することもある。

反省しているとはいえ、オークキングの掟を破り、奴隷に落ちぶれる輩《やから》に嫁がいて、なぜ自分には未《いま》だにいないのか。

「……うーむ」

しかし、悪くない提案ではあった。

オークが嘘《うそ》を吐《つ》くことはない。

ドンゾイがいい女だと言うのなら、それはもういい女なのだろう。

わざわざ武神具祭で優勝しなくても、いい女を確実に手に入れることができるのであれば、それに越したことはない。

ドンゾイは己の目的を達成し、バッシュも女を手に入れることができる。

まさにＷＩＮＷＩＮの関係だ。

ドンゾイが何を企《たくら》んでいるのかはわからないが、聞く限りでは、バッシュには何の損もない。

プリメラの方も目的を達成したようだし、棄権しても問題なかろう。

だが……。

「来てもらってこんなことを頼むなんて、失礼は承知の上だ。けど……頼むぜ。最後は俺自身の手でやり遂げてえんだ」

ドンゾイは本当に申し訳なさそうにそう言うと、路地裏の奥へと消えていった。

鉄球を引きずる音だけが、路地裏に長く残った。

「旦那、どうするんすか？」

「……」

バッシュは答えない。

ただ、難しい顔で立ち尽くし、ドンゾイの消えた方を見続けたのだった。

◆　◆　◆

深夜。

帰ってきたバッシュが眠った後も、プリメラは工房にいた。

ドワーフは全種族中、もっとも睡眠を必要としない種族である。

特に鍛冶をしている最中は、火と土の精霊から力をもらうため、七日七晩寝ずの作業に耐えられるほどだ。

プリメラもハーフヒューマンとはいえ、徹夜をするのは問題なかった。

彼女の目の前にあるのは、修繕の完了した篭手、それと剣である。

やはり今のままではダメだと思い、ずっと剣の打ち直しをしていたのだ。

「くそっ……これじゃダメだ。コレじゃ……」

また一本。鉄塊のような剣を、プリメラは放り投げた。

ガランと工房の隅へと転がっていく。

今までであれば、あの剣で満足していただろう。

別段、悪い所があるわけではない。切れ味は抜群だし、耐久度も十分にある。

少なくともプリメラはそう思っている。

だが、バッシュに使わせるには、決勝トーナメントで勝ち残るには、あの剣ではまずい。

今までと同じように、折れ曲がるか、あるいは戦いの途中でポッキリ折れるだろう。

それをバッシュのせいだとなじるのは簡単だが、なじった所で、勝利が舞い込んでくるわけではない。

決勝トーナメントで戦うことになるのは、今までよりさらに格上の猛者《もさ》たちだ。

闘士もまた、武神具祭の常連で、武神具祭の戦い抜き方を心得ている者ばかりのはずだ。

となれば、例えばバッシュが武具をうまく扱えていないことを悟られ、武具を重点的に狙われたり、長期戦に持ち込まれたりして、武具を破壊され、敗北を喫することも十分にありえる。

武具破壊による敗北。

それはバッシュの敗北ではない。

プリメラの敗北だ。

「……ふー」

プリメラは苛立《いらだ》ちの籠もった息を吐く。

どうすれば、バッシュが使っても曲がらないような剣が打てるのかわからない。

プリメラは、ドワーフらしく、小さな頃から鍛冶をやってきた。基本的な技術は全て叩《たた》き込まれたし、筋がいいと褒められたこともあった。

独自の製法だって、いくつも開発した。

他のドワーフが見向きもしないような斬新な素材を使って、武具を作ったこともある。
鍛冶の腕なら、負けないつもりなのだ。誰にも。
しかし、それでもわからない。どうすれば、バッシュに耐えうる剣が打てるのか……。
プリメラは手を休め、じっと炎を見る。
炎のパチパチと燃える音と、倉庫から聞こえるバッシュのいびきが場を支配する。
(こういう時、昔はどうしていたっけ……)
プリメラはふと、そう思い、そして思い出した。
そうだ。昔は、お手本を見て、それを参考にしていたな、と。
生まれた家にはドラドラドバンガが残した、習作がいくつか転がっていたのだ。
「あ」
そこで、プリメラはあることに気がついた。
なぜこんな簡単なことに気づかなかったのか。
そうだ。あるじゃないか。そこに。
——お手本が。
彼女は立ち上がり、フラフラと、何かに取り憑《つ》かれたかのようにある場所を目指した。
それは、倉庫。

そこでは、バッシュとゼルが寝泊まりしている。

ろうそくを片手に静かに扉を開けると、小さな倉庫に、窮屈そうに横になるオークの姿があった。

いびきはかいていない。静かなものだ。

プリメラは、バッシュのすぐ脇に目的のものがあるのを確認し、抜き足差し足忍び足、バレないように、こっそりとソレを持ち上げた。

ずっしりと重かった。

プリメラはまた忍び足でバッシュから離れると、工房へと戻った。

炉の明かりで、持ってきたソレをまじまじと見る。

剣だ。

どこにでもありそうな、鉄色をした金属の、装飾がない無骨な剣。

柄《つか》は太い。オークなどの、やや大型の種族が使うことを想定しているのだろう。プリメラの手には余る。

重量はプリメラが打った剣よりも遥《はる》かに重い。しかし、不思議と簡単に持ち上げ、構えることができた。重心が、信じられないほどに整っているのだ。

さらにプリメラは、光を当て、まじまじと刀身を見た。

喉がゴクリと鳴った。

「綺麗《きれい》……」

なんと、美しい刀身なのだろうか、とプリメラは思った。

特別な刃紋があるわけではない。キラキラと輝いているわけでもない。

見る者が見なければ、鋳造の剣と大して変わらないようにも見えるかもしれない。

だが、違う。

これは丁寧に何度も何度も、鍛造を繰り返された刀身だ。

基本に忠実に、ただただ愚直に忠実に、圧倒的な精度と練度で打たれた刀身。

とはいえ、きっと切れ味は大したことがあるまい。

でも鉄が誇らしげに見えた。

俺たちは絶対に折れないと、確信しているかのようにすら感じた。

どうやら、破壊不能のエンチャントが施されているようだが、そんなものはおまけに過ぎない。

この剣は、曲がらない。

あるいは数百という戦場を越えて、ようやく役目を終えるかもしれないが、少なくとも、一度や二度の戦場では曲がらないどんなヘタクソが使っても、どんな膂力《りょりょく》の持ち主が使っても……。

「……」

プリメラは剣を鞘《さや》へと戻した。

そして、先程投げた、自分の作った剣を拾い上げ、見比べる。バッシュの剣と。

どちらがよりよいものかなど、一目瞭然だ。

さらに、プリメラは、数日前にバッシュが曲げた剣を手に取った。

剣の曲がり方をもう一度、よく確認する。

刀身は、曲刀のように反っている。

根本から曲がり始め、剣先に行くにつれて反りが大きくなっている。

その湾曲は柄まで達し、剣全体が三日月のようにしなっている。

綺麗な曲がり方だ。折れるでもなくこんな曲がり方をするなんて、見たこともない。

そしてこんな曲がり方、あるとするなら……。

プリメラは眉根を寄せる。

自然と顔に力が入る。目尻がジワリと熱くなる。

薄々そうじゃないかとは思っていたのだ。

自分の打った剣が曲がるとするなら、持ち手が未熟以外にないと、そう信じていた。

けど……違う。

違うのだ。

この曲がり方は、剣に一切の無理が掛かっていない。

剣全体に無駄なく均等に力が分配されている。刃筋も立っている。横ではなく、縦に力が伝わっている。だから、横には一切曲がっていないし、これだけ曲がってなお、折れてもいない。

きっと、名うての剣士であれば、こんな使い方はすまい。

これではむしろ、切れ味が落ちるかもしれない。

つまり、この剣の使い手は、剣を労《いたわ》ったのだ。折れないように、曲がらないように、さりとて相手を倒せる膂力でもって。

丁寧に敵を斬ったのだ。

『そうしているつもりなのだがな』

曲げた男の声が、脳裏にこだました。

剣を無駄なく使って、刃筋をしっかりと立てて、にもかかわらず、曲がる。

つまりそれは……。

「……」

わかっていた。

本当は最初から、わかっていた。

兄や姉に、お前にはまだ早い、未熟だと言われ、そうじゃないと否定してきたが、気づいていた。

自分に言い聞かせてきただけだ。

自分を騙《だま》してきただけなのだ。

でも、もう認めざるをえなかった。

名剣を手に取り、自分の駄剣と見比べて……。

現実を突きつけられて。

「あたし、未熟なんだ」

プリメラの頬に、ポロリと涙がこぼれ落ちた。

8. 武神具祭《ぶしんぐさい》　本戦二日目　準決勝

控室では、プリメラが緊張の面持ちでバッシュと相対していた。

バッシュは修理された鎧《よろい》を身に着け、渡された剣を持ち、プリメラを見下ろしている。

その表情の奥底にある感情を、プリメラが窺《うかが》い知ることはできない。

「……悪い。ロクな武具を用意できなくて」

プリメラは自信がなかった。

昨日、一回戦が始まる前より、さらに。

思えばこの数日、自分の未熟さを見せつけられてばかりだった。

昨晩、一睡もせずに剣と鎧を打ち直したが、それでもバッシュの愛剣には到底及んでいない。

あの剛剣と比べれば、自分の剣など小枝に過ぎない。

バッシュが振り回せば、きっと簡単に折れてしまうだろう。

「いや、昨日より持ちやすい」

バッシュは剣を軽く振ると、そう言った。

「そ、そうか⁉」

「ああ」

プリメラは小さくガッツポーズを取った。

が、すぐに首を横にブンブンと振って、握った拳を背後へと隠した。

多少持ちやすいと言われた所で、剣がナマクラであることには変わりはないのだ。

「……」

バッシュはというと、プリメラが手を後ろに隠したことで突き出された胸に夢中だ。

プリメラもその視線には気づいている。

こんなもの見て、何が楽しいんだと思わなくもないが、しかしやはり、悪い気はしない。

（……それにしても）

プリメラはあらためてバッシュを見た。

最初に出会った時はバッシュという人物がよくわからなかった。

子供を産んでくれと言われ、拒否してしまった。

ふざけんなと思っていた。

だが、今は少し見方が変わっていた。

（こいつ、オークだけど結構いい男だよな）

実直だし、強いし、男気もある。

プリメラの与えた剣を使い、プリメラに悪態をつかれ続けても、文句の一つも言わず、自分にできることをやり続けた。

そして最後には、プリメラの未熟さを気づかせてくれた。

オークということで、色々と常識が違う所もある。

例えば、いきなり襲いかかってきたりだとか、だ。

が、今もなお、プリメラの胸の谷間を凝視しつつ、手を出してこないのは……プリメラに変わらぬ情欲を持ちつつも、オークキングとやらに忠誠を誓っているからだろう。

忠誠心があり、辛抱強く、しかも屈強な男。

そういう男に言い寄られている。

その事実を再確認した所で、プリメラは己の頰が熱くなるのを感じていた。

次いで、口から自然と言葉が漏れる。

「まぁ、なんだ！　優勝すれば、考えてやってもいい！」

「考える？　何をだ？」

「馬鹿！　あたしの口から言わせるつもりかよ！　あの件に決まってるだろ！」

「……」

バッシュは、内心で焦《あせ》っていた。

意味がわからなかったからだ。唐突にあの件と言われても、何なのだろうか。何を考えるのだろうか。

誰かに聞こうにも、頼れる妖精はここにはいない。

バッシュの研ぎ澄まされた勘は、今、何か、とてつもない〝予感〟を感じていた。

その〝予感〟が良いものなのか、悪いものなのかはわからない。

これほどの予感は、レミアム高地の決戦以来だ。

あの時は悪い予感だった。

バッシュは予感を信じきれず、その場で戦いを続け、オークキングから命令を受けて現場に急行した時には、すでに手遅れだった。

デーモン王ゲディグズは死んでいた。

今度はどっちだ……。

「バッシュ様。第四試合、そろそろです！」

と、そこで控室の扉がノックされた。

「っ！　だ、だってさ！　ほら、いってきな！」

「……ああ」

予感がどちらかはわからない。

自分がどう動くべきかもわからない。

バッシュは不可解な気持ちのまま、最初の試合へと赴くのであった。

◆　◆　◆

第四回戦　バッシュvsアモンド

「勝者、バッシュ！」

次の試合もバッシュは一撃で勝利を決めた。

決して弱い相手ではない。ドワーフ族の戦士で、第三工兵部隊の隊長を務めていた男だ。

このドバンガ孔《こう》でも五本指に入るほどの戦士である。

彼は正々堂々と戦った。

バッシュに対し、愚直なまでに真正面から突進し、そして一撃で仕留められた。

見る者が見れば、それは阿呆《あほう》にも見えただろう。

一日目のバッシュの試合を見てはいなかったのかと、そう思う者もいたはずだ。

だが、これこそがドワーフなのだ。

己の作った武具を信じ、それに任せて正面突破。

ドワーフにとって、回避とは、臆病者のすることなのだ。

勇敢なドワーフは破れたものの、拍手に包まれた。

そしてバッシュは準決勝進出となった。

◆　◆　◆

控室に戻ってきたバッシュを見て、プリメラは緊張に震えていた。

次は準決勝。

相手は、前回の優勝者であるバラバラドバンガ。

ドワーフの英雄《えいゆう》たるドラドラドバンガの長男である。

「……」

バラバラドバンガ。

それはドバンガ一族の中で、最も強く、そして最も鍛冶の腕がいいとされる男。

ドラドラドバンガ亡《な》き今、一族の象徴であり、頂点であり、憧れであり、希望でもある。

若い頃から己の打った武具で武神具祭に参加しはじめ、優勝経験は三度。

特に去年は比較的安定した優勝であり、今年は連続優勝が十二分にあると言われている、優勝候補の筆頭だ。

プリメラは、昨日までは、自分は本気を出せばバラバラドバンガより上だと考えていた。

が、今は違う。

あの頑固な兄が、いかに鍛冶師として勤勉で、いかに優れているのかがわかる。

きっとそれは父であるドラドラドバンガには遠く及ばないが、今のプリメラでは到底及ばぬ境地にいる。

そんな相手と、今の自分が戦っていいのか。

バッシュの力だけで勝ってきた、自分が。

「安心しろ。負けはしない」

バッシュの言葉は頼もしい。

誰であれ、バッシュのその言葉を信じない者はいないだろう。戦場においてもこの言葉は絶対であり、あらゆる兵士が安心を感じるだろう。

だがプリメラは思う。

勝っていいのか。

「うん」

せめて、勝った時、自分の勝ちだとは思わないようにしよう。

プリメラはそう心に誓った。

◆　◆　◆

準決勝。

バラバラドバンガは闘技場の中央で相手を待っていた。

彼は前回優勝者である。

大会が始まる前は、誰が相手でも勝てるつもりでいた。

去年苦戦した相手も、今年は余裕を持って勝てる。そう確信できるほど、この一年で厳しい鍛錬を積み、完璧な鎧を身に着けてきたつもりだった。

相手はオークの英雄バッシュ。

その名前はバラバラドバンガも知っていた。

なぜならバラバラドバンガも、ドワーフの戦士として戦い、終戦を迎えた者だからだ。

そして自分は、〝彼ら〟と出会わなかったから、生き延びることができたのだと知っている。

彼らとは、戦場を駆け回った最強の戦士たちだ。

バッシュがそうであるように、父ドラドラドバンガがそうであったように。

そんな最強の戦士たちと出会わなかった幸運が、自分を生き延びさせたのだ。

彼らは終戦後、各国で相応の地位を手に入れ、今も国のために働いている。

ヒューマンの王子ナザールも、エルフの大魔導サンダーソニアも。きっと戦鬼と呼ばれた父や、父と仲のよかったビーストの勇者レトも、生きていればそうだったはずだ。

彼らはこんな祭りになど参加しまい。

あるいは、貴賓席に座ることはあるかもしれないが、こうして闘技場に立つことはないだろう。

彼らに挑戦する機会というものは、永遠に失われたに等しい。

そう、挑戦だ。

バラバラドバンガは、この闘技場の王者である。

しかし、今、この瞬間は挑戦者であった。

神に感謝したかった。

挑戦する機会を与えてくれたことを。

（だが、彼を来させてしまった理由は、もっとよく考えねばなるまい……）

オークの英雄バッシュがこの国、このドバンガ孔に来た理由は明白である。

奴隷だ。

この国には、オークの奴隷がいる。

それも、かなりの数だ。

彼らは、ドバンガ孔の近くに出没したはぐれオークを捕らえたものである。

と、言われているが、実際は違う。

大半は、戦時中に捕らえた捕虜である。

戦争が終わり、各種族が和平に合意し、平和が訪れた時、各国に囚《とら》われていた捕虜は、全て解放された。

そういう条約が取り付けられた。

だからオークの国に囚われていた女は全て解放されたし、サキュバスの国に囚われていた男も解放された。

ヒューマンの国に囚われていたフェアリーや、ビーストの虜囚となっていたオーガも。

だというのに、なぜオークは、未《いま》だドバンガ孔に囚われ続けているのか。

なぜ彼らは、終戦と同時に解放されなかったのか……。

それを語るのに、さほど長い説明は必要ない。

ドバンガ孔の商人たち。ドラドラドバンガ亡き後、この町を牛耳る者たち。

彼らが終戦の寸前に、奴隷の存在を隠したのだ。

ドワーフは頑固で職人気質だ。

でも、全員が善人というわけではない。

ついでに言えば、財を貯《た》めるのが好きな者も多い。

コロシアムの収益と、コストの安い奴隷が生み出す利益は膨大だ。それを手放すのは惜しいと思った商人たちは、徹底的に奴隷と化したオークの存在を隠した。

最初の一年は地下深くに監禁して地下格闘技場で戦わせ、二年目から「はぐれオークを捕まえた」として、存在を明らかにし、表の闘技場で戦わせた。

多くのドワーフが騙《だま》されてきた。

バラバラドバンガが真実を知ったのは、つい最近だ。

ドラドラドバンガの誇りを受け継ぐ彼は、すぐに奴隷オークを解放させようと思った。

そして、奴隷オークのリーダーであるドンゾイに出会ったのだ。

ドンゾイは誇り高き男だった。

捕虜になってずっと、己の手で現状を打破しようとしていた。

そして、彼はその方法を見つけていた。

武神具祭に優勝し、自分たちの身を解放させるという、確実な方法を。

バラバラドバンガはそれを知って、こう思った。

自分は敵として立ちふさがるべきだ、と。

それが、彼らの誇りを守ることになる、と。

こっそりと、自分の作った武具が奴隷オークたちに渡るように手回しはしていたが、それ以上のことは何もしなかった。

結果、去年のバラバラドバンガは優勝、ドンゾイは準優勝。

バラバラドバンガとしては心苦しい結果となったが、ドンゾイは諦めてはいなかった。

ゆえにバラバラドバンガは、今年もまたドンゾイに武具と、そしてバラバラドバンガの武具を修理できる鍛冶師を送り込んだ。

バラバラドバンガのこの行動、大抵の者は聞いても理解できないかもしれない。

だがバラバラドバンガは、わざと負けたり、棄権すれば、それはオークの誇りを侮辱したことになると考えたのだ。

自分が本気で戦い、そして敗れなければ、三年以上もの年月汚《けが》され続けてきたオークの誇りは復活せず、ドンゾイの苦悩も無駄になる、そう信じていた。

しかし今年、バッシュが来た。

オークの、英雄とまで呼ばれる男が。

奴隷となった仲間を救いに。

一人のフェアリーを連れ、たった二人で。

(今になって現れたのは、情勢が安定するのを待っていたか、あるいは去年ドンゾイが準優勝したことでようやく情報が流れたか……)

どちらにせよ、立派なことだとバラバラドバンガは思う。

オークが他国を旅するのは大変だろう。

このドバンガ孔に到達するためには、シワナシの森を通過しなければならない。

あの森を統《す》べるは、エルフの大魔導サンダーソニア。

『シワナシ森の悪夢』の逸話は、ドワーフの中でも有名だ。

長い戦争において、あの無敵のサンダーソニアに耐え難《がた》き屈辱を与えたのだ。

エルフの陰湿な性質と相まって、通過するだけでも難癖を付けられ、足止めをくらったに違いない。

実際、かの森で何か騒ぎがあり、一人のオークが侮辱されたというような噂《うわさ》も届いている。

それだけではない。オークの英雄が国を出たとなれば、かのクラッセルの知将ヒュース트ンとて黙ってはいまい。

豚殺しのヒューストンの偉業と名前は有名だ。

オークに対し、並々ならぬ憎悪《ぞうお》を持っているあの男も、バッシュが出国するとなれば、動いたはずだ。

しかし、バッシュは今、ここにいる。

艱難辛苦《かんなんしんく》を乗り越えて、今ここにいる。

オークは決して頭のいい種族ではないが、終戦まで滅ぶことなく存続している。

それはきっと、この結束力があったればこそ。

今日という日、多少なりとも事情を知るドワーフには、オークという種族の認識を改めた者も多いだろう。

（しかし……）

と、バラバラドバンガの耳にワッと歓声が上がったのが聞こえた。

目を開くと、控室から一人のオークが歩いてくるのが見えた。

バッシュ。オーク英雄《ヒーロー》。

この闘技場の参加者の誰よりも。

いいや、世界中探したとて、この男を倒せる者など、そうそういるものか。

そこそこの武具でパワーが多少抑えられようと、関係あるまい。

きっと今回の大会も、あっさりと優勝し、奴隷のオークたちを、あっさりと解放するだろう。

だが、バラバラドバンガはそれが喜ばしいこととは思えない。

(この男が全てを為《な》してしまえば、ドンゾイの誇りはどうなる)

ドンゾイがこの三年。

いいや、もっと長い年月、奴隷からの解放を願い、活動してきたと知っている。

それが全て無意味だったことには、なってほしくない。

「バッシュ殿」

「なんだ?」

「倒させていただく」

「うむ」

当たり前のことを言って、当たり前の返事が返って来る。

だが、これはバラバラドバンガの決意の言葉だ。

自分がこの男を倒す。この絶対に勝てない相手を倒す。

そうすれば、ドンゾイの苦難は無意味にはならない。

バラバラドバンガはそう思い、バッシュへと剣を向ける。

頑固で無骨で、手先は器用だが言葉は不器用でぶっきらぼうな男は、オークの英雄へと挑んだ。

◆◆◆

準決勝　バッシュ vs バラバラドバンガ

バラバラドバンガは、バッシュの弱点を知っていた。

無論、本来であればバッシュに弱点などない。

オークと言えば、一般的に火や雷の魔法に弱いと言われているが、ことバッシュに関していえば、それが間違いであることは明白だ。

なにせ、あのサンダーソニアと一騎打ちを行い、これを打倒しているのだから。

仮に火や雷の魔法に弱いとしても、相当な威力がなければ大したダメージにはならないはずだ。それ以前に、この大会で魔法は禁止であるが。

バッシュの弱点。

それは装備だ。

この大会の出場者のほとんどが気づいていることであるが、バッシュの装備を打った鍛冶師は未熟だ。

つまり装備を狙い、武具破壊を目指すのなら、勝機はある。

それすら、細い一本の糸を手繰り寄せるような、か細い可能性でしかない。

だが、バラバラドバンガはそれができると確信していた。

なぜならバッシュは、手加減をしていたからだ。

バッシュが全力で動けば、武器が、あるいは鎧《よろい》ですらも破壊され、バラバラになってしまうだろう。

鍛冶師……プリメラを蔑むつもりはない。

バラバラドバンガですら、この男の全力に耐えうる武具を打てる自信はない。

かのオークにふさわしい武器が打てるとすれば、それは伝説の鍛冶師としても名をはせていた戦鬼ドラドラドバンガか、あるいは噂に名高いデーモンの鍛冶師サルモンぐらいであろう。

ゆえにバッシュは手加減せざるを得ない。

膂力《りょりょく》を抑え、腫れ物を扱うようにゆっくりと体を動かさなければならない。

それでなお、名だたる参加者を一撃で葬《ほうむ》ってきたのは神業としか言いようがない。

誰もがそう思っているだろうが、実際は少し違う。

バッシュは一撃で葬らざるを得なかったのだ。

動けば動くほど壊れる鎧を身に着けているのだから、短期決戦を選ばざるを得ないのだ。

それが理解できるがゆえ、バラバラドバンガは恥辱を選ぶ。

「おおっと、これはどうしたことだ⁉　バラバラドバンガ、逃げ回っているのか⁉　あの勇猛果敢な男が、無様に逃げている⁉」

実況席から驚きの声が上がり、会場がどよめきで包まれる。

自分がどう見えているかなど、わかっていた。

自分の意思でコロシアムに来て、しかも準決勝という場で、うさぎのように逃げ回る。

なんと無様なことだろう。

なんと臆病なことだろう。

バラバラドバンガ自身、自分がこんな風に逃げ回ることになるなどと思ったことはなかった。

どんな相手にも正々堂々、立ち向かっていくつもりだった。

しかし、それではダメだ。

それでは勝てない。

ドンゾイの誇りは守れない。

「ふっ！」

逃げ回りながら、バッシュの関節を狙う。

関節、肩口、脇下。鎧は一つの鉄塊から削り出しているわけではない。

必ず留め具が存在する。もろい部分が存在する。

そこを狙う。

フリをする。

「むんっ！」

すると、バッシュは的確にカウンターを入れてくる。

バラバラドバンガの頭をかすめるように殺意の塊が通り過ぎていく。もし、もう半歩踏み込んでいれば……と寒気が背筋を走り抜ける。

武具の強度が大したことないから、死は避けられるだろう。だが、頭部に当たれば失神は免《まぬが》れまい。

ともあれ、それだけの威力の攻撃だ。

踏み込む度に、着実に踝《くるぶし》の金具に負荷が掛かっているはずだ。

それは着実に足回りを消耗させていくことだろう。

足回りの金具をすり減らすことができれば、次は肩回り。

最後に胴回りの金具を破壊することができれば、鎧の破壊は完成する。

時間を掛け、丁寧に攻撃を誘発し、相手の自爆を誘う。自分の攻撃は最後の最後だけ。ゆっくりと鎧を壊す。

おおよそドワーフらしくない戦い方だ。

しかもこのプランは単純なミスで破綻する。攻撃の回避に失敗した時。あるいは自分の攻撃が本気ではないと、バッシュに悟られた時……。『オーク英雄《ヒーロー》』を相手に行うには、かなり骨が折れる策であった。

だが、バラバラドバンガは最後まで完遂する自信があった。

（次の踏み込みで、踝の金具は壊れる）

自信は、己の見立てへの信頼から生まれていた。

プリメラの鍛冶の腕と、自分の体力。

二つを天秤《てんびん》に掛け、最後までやれると確信していた。

「むんっ！」

「くっ！」

ギャリンと、剣が兜《かぶと》をかすめた。

バッシュの剣は、徐々にバラバラドバンガの回避を上回ろうとしている。

当然だろう。相手は格上の戦士だ。

加えてバラバラドバンガは、相手の攻撃を回避するのが、それほど得意というわけではない。

どれだけ安全マージンを取ったつもりでも、逃げ続けられるわけはない。

(だが、次はない)

しかしバラバラドバンガはそう思う。

なぜなら、今のでバッシュの踝の金具が負荷に耐えきれず、壊れたはずだからだ。

つまり今までのような踏み込みはない。

だが、それでもバッシュは攻めざるを得ない。

この大会では、膠着《こうちゃく》状態に陥り、もう二人とも戦えないとなった場合、互いの武具の損傷具合で勝敗が決まることになっている。

バラバラドバンガの鎧はまだ全箇所が健在。

たった一ヶ所、踝の小さな金具とはいえ、破損箇所のあるバッシュは敗北する。

攻めざるを得ない、しかし踏み込みが甘くならざるを得ないバッシュに対し、バラバラドバンガはカウンターで肩回りを狙う。

「むんっ!」

「なっ!」

気づいた時には、もう遅かった。
バッシュは、それまで以上に深く踏み込んでいた。
そう、まるで、「おや？　今日はもう少し深く踏み込めそうだぞ」と言わんばかりに。
鉄塊が、とんでもない速度でバラバラドバンガの頭に迫った。
バラバラドバンガは、まるでスローモーションのようにそれを見た。
回避できない、と悟った。
せめて、意識だけはしっかり保とうと、腹に力を入れた。
一撃を受けた。
「――――」
バラバラドバンガの意識は一瞬で飛んだ。
しかしその寸前、彼は見た。
バッシュの踝。壊れたはずの金具が、健在だったことを。
（プリメラ、成長したな……）
バラバラドバンガの誤算。
それは、うだつの上がらぬ妹が、この大会中に腕を上げていたということであろう。
（さすがはオークの英雄《えいゆう》といった所、か……）

カルメラが何を言っても考えを変えなかった愚かな妹を、こうまで成長させたバッシュを褒《ほ》め称《たた》えながら、バラバラドバンガは地に倒れ伏す。

「勝者、バッシュ！　決勝進出！」

拍手は起きなかった。

9. 武神具祭《ぶしんぐさい》　本戦二日目　決勝戦

決勝戦。

準決勝を勝ち残った二人の猛者《もさ》が戦い、長い大会に終止符が打たれる。

これほど興奮することはないと、観客はざわつき、期待に胸を膨らませている……はずだった。

この年の決勝戦は異様に静かだった。

準決勝で、バラバラドバンガが見せた無様な戦いが原因だ。

ここにいる観客のほとんどが、バラバラドバンガが普段どう戦っているのかを知っている。

ドワーフらしく、武具に頼り、真正面からどんな敵も打ち破っていく。

かつてのドラドラドバンガを彷彿《ほうふつ》とさせるような、そんな戦い方をする。

それがバラバラドバンガだ。

そんな男が、まるで新兵のように逃げ腰で、しかも逃げ切れず、自爆するかのように負けた。

誰一人として拍手をせず、動揺と困惑に包まれた。

だが、観客の一部は思うのだ。バラバラドバンガが臆病風に吹かれたとは思えない、と。

なぜなら彼は、この武神具祭の前チャンピオンだったからだ。

去年、あらゆる敵を勇敢に倒していったのを、誰もが憶《おぼ》えているからだ。

そして今年だって、バッシュとの戦い以外は、全てまともに戦ってきたじゃないか。

きっと彼には何か策があったのだ。

誰もがそう思いたかった。

そこまでしないと勝てなかった。そこまでしても、及ばなかったのだ、と。

『オーク英雄《ヒーロー》』バッシュとは、それほどの存在なのだと。

そんなオークに挑もうとしているのもまた、オーク。

前回大会において、奴隷の身でありながら準優勝を飾ったオーク。

ドンゾイ。

奴隷オーク随一の実力者。

左手に装備したバックラーを巧みに操る、奴隷闘技の人気者。

彼の強さを知る者は多い。

どこから武具を調達してきたのかはわからないし、控室にいる鍛冶師も何者かわからないが、今年の優勝候補の一人であるのは間違いない。

だが、それでも相手はバッシュ。

オークの英雄。

今までの二人の戦いを見比べて、ドンゾイが勝てると思っている者は皆無だ。

強い者が勝つ。それはいい。この闘技場の摂理だ。

だが、バッシュの強さを目《ま》の当たりにした者、バッシュの異名を知る者、バッシュの戦場での逸話を知る者は一様にこう思い、口を閉ざしていた。

(大人げない)

まるで、子供の遊びに大人が混じったかのような、そんな錯覚すら覚えるのだ。無論、バッシュが参加してはいけないというルールはもちろん、不文律すら存在しなかったが、それでも。

今、闘技場にいるのはドンゾイ一人。

もうしばらくすれば、武具修理の時間を終えたバッシュが、姿を現すだろう。

◆　◆　◆

バッシュが闘技場に到着した時、ドンゾイは目を閉じ、腕を組み、微動だにせず立っていた。

だが、バッシュが目の前まで来たのを見ると、表情を曇らせた。

「バッシュ、どうして……」

困惑するドンゾイに、バッシュは言った。

「お前の求めるものはわかる」

バッシュにはドンゾイが何のためにこの大会に出場し、何のためにバッシュに棄権を頼んだのかなど、知りようがない。

だが、バッシュとて、なんとなくわかる。

ドンゾイは何か欲しいものがあって、この大会に出たのだ、と。

そして、優勝するために、敵対する者を遠ざけようとしたのだ、と。

ドンゾイの欲しいものとは何か。

それは恐らく名誉だろう、とバッシュは予想していた。

オークは、強さを誇示し、己の腕っぷしを誇りに思うものだ。

国を出て、捕まり、奴隷となった彼は、まさに名誉を奪われた状態。

名誉を取り戻すには、この大会に優勝するのが一番なのだ。

バッシュはそう思っていた。

まぁ、概《おおむ》ね間違っていないと言えるだろう。正解からは遠いが。

「だが、俺にも求めるものはある……俺は優勝したら、女を手に入れる」

その言葉に、ドンゾイの顔色が変わった。

まさかそんな、嘘《うそ》だろ、女ならやると、そう約束したはずじゃないか。

そう思い、観客席の片隅を見やると、そこにはドンゾイの嫁であるドワーフ女が、固唾を呑《の》んでこちらを見ていた。

バッシュもまた、そちらを見る。

「なぜだ……？　どういうことなんだ、バッシュ」

バッシュはドンゾイへと視線を戻す。

ぶっちゃけたことを言うと、ドンゾイの嫁は、バッシュの好みではなかった。

元気な子供を生む、いい女なのかもしれないが……。

もっとも、問題はそこではない。

仮に、ドンゾイの嫁がめちゃくちゃ美人だったなら、この瞬間に心変わりした可能性もあるが、違う。

理由は二つ。

まず、バッシュはオークの英雄だ。

　バッシュ自身は女なら誰でもいいと思っているが、やはり連れ帰るなら、英雄として恥ずかしくない女の方が望ましい。

　はぐれオークであるドンゾイから奴隷の女をもらい、それを連れ帰るなど、情けなくてオークキングへの顔向けができない。

　それともう一つ。

　こちらの方が重要だ。

「ドンゾイ、お前にもオークとしての誇りがあるなら、望むものは戦って奪え」

「⁉」

　その言葉で、ドンゾイに稲妻のような衝撃が走った。

(そうだ。その通りだ)

　なぜ自分は、バッシュとの戦いを避けようとしていたのか。

　目的が同じだから。最後は自分の手で決めて、自分の口で奴隷解放を宣言したいから。

　それもある。

　だが、それだけじゃない。

　ドンゾイは心のどこかでこう思っていたのだ。

『バッシュには絶対に勝てない』

だから、戦う前から諦めていた。

昔は違った。

ブーダース中隊の全員が生きていた頃は、自分の方が強いと思っていた。実際、昔は自分の方が強かった。いずれ互角になり抜かれたが、その後も、実際に喧嘩《けんか》になれば負けやしないと思っていた。

それがいつしかバッシュは部隊一の戦士になり、いつしか国でもトップクラスの戦士になり……。

そして、ドンゾイが奴隷をやっている間に『英雄《えいゆう》』だ。

今はもう、バッシュに勝てないことを、疑問にすら思わなくなっていた。

「……オークとしての誇り、か」

誇り。

そう、ドンゾイが取り戻したいのは誇りだ。

奴隷となり、失われてしまった、あの誇らしい気持ちだ。

奴隷になって、しばらく経《た》って、飼い主のドワーフが口にした言葉を思い出す。

『オークには、戦いと女を与えておけばいい』

ドンゾイたちは貴重な奴隷だった。

闘技場に引っ張り出され、奴隷同士で戦い、観客に殺すか否《いな》かを決めさせるようになったのは、ごく最近だ。

地下闘技場で戦わされていた頃は、ナマクラの武器を用い、壊れやすい防具を身に着けさせられた。

武具が壊れれば決着。武神具祭と同等のルール。

まず死ぬことのない、お遊戯のような決闘を、延々と続けさせられた。

あんなものがオーク同士の戦いであるものか。

オーク同士の決闘はもっとこう、魂で魂を拭い去るような、凄《すさ》まじいものなのだ。

「そうだな。俺が間違っていた」

いつしかドンゾイの心は、弱っていたのかもしれない。

この苦しい状況を抜けたいと思うがあまり、最低のことを、英雄に頼んでいたのかもしれない。

「オーク同士の本当の決闘がいかなるものか、ドワーフ共に教えてやろう」

望むものは戦って奪う。

女も自由も、譲り与えられるのではない。

戦い、奪ってこそのオークだ。

オークとしての誇りがあるなら、たとえ相手がバッシュでも、戦って勝ち、奪い取らなければならない。

(またバッシュに教えられたな)

そう思いながら、ドンゾイは剣と盾を構える。

バッシュもまた、大剣を構えた。

そして、

「グラアアァァァァォウ！」

闘技場に震動が走った。

震えた。

静まり返った。

同時に思い出した。

ドワーフたちは思い出したのだ。

闘技場で聞く、豚の唸《うな》り声のような、気の抜けたものではない。戦争中、オークとの戦いで自分たちが聞いた、あの咆哮《ほうこう》を。

戦場で感じた体の震え、そして恐怖を。

本物のウォークライを。

「グラアアァァァァァァァァァアアオオウ！」

二度目の震動はさらに大きい。

オークの英雄が放つウォークライは、闘技場の観客全てを恐怖させた。

同時に胸を躍らせた。

思えばバッシュは、この大会で一度たりともウォークライをしなかった。

あのバラバラドバンガとの戦いでさえ、本気ではなかった。

しかし違う。この決勝、同じオーク同士という場で、彼は本気を出すのだ。歴戦の勇者たちがおしなべて口をつぐみ、顔を青ざめさせながらも、羨望《せんぼう》の視線を送る、あの男が。

会場からどよめきと、興奮の声が湧き上がる。

それと同時に、オークたちは互いに一歩踏み出した。

二歩、三歩……走り出す。防御など一切考えていないであろう突進。ぶつかると同時に、腹の底に響くような重金属音が、コロシアムに響き渡る。

決勝戦が始まった。

◆　◆　◆

一撃で終わったと誰もが思った。

バッシュの神速の一撃がドンゾイへと叩き込まれ、ドンゾイは数メートルふっとばされた。

終わっていない、そう気づいたのは、ドンゾイが足の裏から着地したからに他ならない。

ドンゾイはふっとばされた勢いのまま、二メートルほど足の裏で轍《わだち》を作り、停止した。

あのバッシュの一撃を耐えた。

それが認識された途端、会場がざわめいた。

バッシュの一撃の重さを知る者が、感嘆の声を上げたのだ。

バラバラドバンガとの戦いを見ればわかる通り、バッシュの一撃に耐えうる防具は存在しない。

となれば、ドンゾイは左手に持つあの盾で受け流したに違いない。

だが、誰がドラゴンを真っ向から打ち破る一撃を受け流せるというのか。

凄まじい技量である。

「おい、あのドンゾイって男、戦争中はバッシュと同じ部隊にいたらしいぞ」

なんて誰かが言い出せば、会場は大盛りあがりだ。

バッシュと互角に戦える男がいる。

あっさり終わると思っていた試合が、バッシュが大人げなく優勝をさらっていくだけの大会が、わからなくなってきた、面白くなってきた、と。

「グラアアアァァァ！」

ドンゾイが雄叫《おたけ》びを上げて、バッシュに突っ込んでいく。

オークらしい、蛮勇とも言える突進。

バッシュもそれを迎え撃つ。大剣を構え、踏み込み、振りかぶり、時を置き去りにするような一撃をドンゾイへと見舞う。

衝撃波が、ぶわりと二人の周囲に土埃《つちぼこり》を舞い上がらせた。

ガイィィィン……と、金属音が反響する。

ドンゾイがふっとばされ、地面にまた轍が残る。

バッシュはもはや手加減などしていなかった。

これが決勝戦、もはや後先を考えなくてもいいというのはあるが、ドンゾイの放ったウォークライが、バッシュから手加減という言葉を消し去っていた。

今、行われているのはオークの決闘なのだ。

誇りと誇り、矜持《きょうじ》と矜持のぶつかり合い。
オークの英雄たるバッシュが、手加減などするはずもなし。
だからこそ、ドンゾイも突っ込んでいく。
盾を右手に持ち替えて、剣を左手に握りしめて。
なぜ、と誰もが疑問に思った。
ドンゾイが右利《き》きなのは、闘技場に通い詰めるドワーフなら誰でも知っていたからだ。
でも理由など、すぐに誰もが予想がついた。
ドンゾイの左腕の骨はすでに砕けていた。
オークは武器を投げ捨てない。決闘であればなおさらだ。
捨てるにしても、盾が先。利き手に持つのは武器が常套《じょうとう》。
でもドンゾイは盾で行く。己《おの》が得意な盾で行く。
盾を構えたまま愚直に突進し、バッシュへと迫る。
「グラアアアアァォォウ！」
バッシュが構え、踏み込む。
「！」
だが一瞬だけ、その動きが鈍った。

次の瞬間、ドンゾイはバッシュの懐《ふところ》へと潜り込んでいた。

バッシュの大剣の間合いの内側。片手で剣を操るドンゾイの必殺の間合い。

砕けた左手で突き出した剣は、バッシュの首筋の肉をえぐり、鮮血を飛び散らせた。

すぐさま、バッシュの膝蹴りがドンゾイを突き飛ばす。

またもや数メートルの距離が開く。

ドンゾイの盾はベコベコだ。湾曲した分厚い鉄の板は、もはや使い物にならないほどに凹《へこ》んでいる。

バッシュの攻撃を三度も防いだのだ。いくら受け流したからといっても、その全ての衝撃を無効化したわけではない。

二度の斬撃で、ドンゾイの左手の骨は砕けている。一撃を流しただけで、右手の骨も軋《きし》んでいる。だが、それでも剣と盾を握る手から、力は失われない。

痛みはある。

ドンゾイの手には激痛が走っている。

だが、ウォークライを放った戦士は、痛みなどで動きを鈍らせたりはしない。

「バァッシュゥ！」

「ドンゾォイ！」

バッシュが構えた。

今までとは違う構え。剣を逆手に持ち、肩に担《かつ》いで投げつけるかのように、あるいはそのまま突き刺すかのように。

ドンゾイは構えを変えない。

今まで通り、盾に半身を隠しながら、まっすぐにバッシュへと向かっていく。

交差は一瞬。

音は長く響いた。


バッシュとドンゾイは、ぶつかりあった姿勢のまま、停止していた。

ドンゾイがふっとばされず、バッシュもまた動きを止めていた。

決着がついたのだと、誰もが理解した。

だが、どちらが勝ったのかは、誰にもわからなかった。

静寂の中、観客が聞いたのは、音叉《おんさ》が鳴っているかのような音だ。

イイイン、イイイン……と、断続的にその音は聞こえてくる。

どこから？　闘技場の外か？　いや、上だ。

観客が見上げた時、空から落ちてくるものがあった。

ドバンガ孔《こう》にポッカリと空いた縦穴。そこから差し込む光を反射しながら、銀色に輝く何かが落ちてくる。

それは闘技場のヘリにカンと当たると、大きく弧を描いてはねた。

それは闘技場の中央、バッシュとドンゾイの近くへと跳んでいき……サクリと音を立てて地面に刺さった。

剣だった。

いや、刀身とでも言うべきか。

剣の中ほどから先の刃が、地面から生えていた。

(誰の？)

と見れば、一目瞭然。

バッシュの剣が中ほどから折れていた。

対して、ドンゾイの手には剣はない。だが、探せばすぐに、闘技場のヘリに突き刺さっているのが見えた。健在だ。

ドンゾイの盾は、今にも真っ二つに割れそうなほどだが、まだ原形を保っている。やはり健在。

バッシュの剣だけが、壊れていた。

「しょ、勝者……ドンゾイィィィ！」

審判の声が響き渡り、武神具祭の勝者が決定した。

◆　◆　◆

数分後。
ドンゾイは狐《きつね》につままれたような気持ちで闘技場の中央に立っていた。
バッシュの姿はもうない。敗者は去り、勝者だけが残ったのだ。
だが、勝ったという感覚が薄かった。
相手はあのバッシュだ。
ドンゾイが捕虜になる直前には、すでに部隊内で勝てる者などいなかった。
いずれ英雄《えいゆう》になるであろうと噂《うわさ》され、そして英雄になった、あのバッシュだ。
戦っている最中に感じたのは、歴然たる力量差だ。斬撃を受け流してなお砕ける左腕。
懐に入って、首筋をえぐって、なお止まらぬ胆力と突進力。
最後の一撃にしてもそうだ。

バッシュなら、剣を折らずとも、ドンゾイを屠《ほふ》る方法があったはずだ。

いや、その前の交差……。

バッシュの懐に入れた時からおかしかった。

そう、入れたのだ。あのバッシュの懐に。

スピードに特化したビーストの戦士たちですら入ることができなかった、バッシュの懐に。

手加減されていたのだろう、とドンゾイは思った。

といっても、ドンゾイを勝たせるつもりはなかったはずだ。斬撃は重く、受け流しに成功しなければ、即死しかねなかった。

ある程度の手加減をして、ドンゾイがそれを上回るのであれば、身を引く、そう考えていたのだろう。

本来ならば屈辱的であるが、不思議とドンゾイは嫌な気持ちにはならなかった。

なぜならば、先のバッシュは去年戦った王者……今年こそはとリベンジに燃えた相手、バラバラドバンガより強かったからだ。

言葉通り、バッシュは本物のオークの決闘を観客に見せつけた。

オークの誇りを守った。

その上で、ドンゾイに勝ちを譲ったのだ。

全てを理解した上で。

かつてのバッシュであれば、そんなことはできなかっただろう。

あっさりとドンゾイを打ちのめし、勝者として君臨したはずだ。

最後に別れた時は、まだガキ臭さが抜けていない所があった。

だが、もう違うのだろう。

ドンゾイが奴隷として停滞している間に、バッシュは着々と成長し、名実共に英雄となったのだ。

「優勝者ドンゾイよ！」

ドンゾイは顔を上げる。

いつしか、ドワーフの王が闘技場の貴賓席に座り、こちらを見下ろしていた。

「さぁ、願いを言うがいい！」

いや、違う。きっとこれは勝ちを譲られたわけではない。

ドンゾイはオークの英雄《えいゆう》より試練を与えられ、それを乗り越えたのだ。

だから胸を張って、ドンゾイは口を開く。

己《おの》が手で、成し遂げるために。

「この地における、全ての奴隷の解放を！」

こうして、ドンゾイは解放された。

ドバンガ孔に囚《とら》われていた、全ての奴隷オークと共に。

10．プロポーズ

決勝戦が行われている時、プリメラは控室で神に祈っていた。

恐らく、祈っていたのはバッシュの武運だと思うが、具体的にどうなって欲しいという願いはなかった。

だが、ただ祈っていた。

バッシュが出ていってしばらく、控室は静かだった。

闘技場のざわめきは聞こえなかった。

プリメラは知らぬことだが、闘技場自体、あまり騒がしくなかったのもあるだろう。

ややあって、ワッという歓声で、試合が始まったのがわかった。

歓声は数度。

長くは続かなかった。

だが歓声が上がる度に、プリメラの肩は震えた。

やがて、控室すらも揺るがすような大歓声が聞こえた。

試合が終わったのだと、すぐにわかった。

プリメラは手を組み、祈った。何をどう祈ったのかは、彼女自身にもわからない。

その祈りを聞き入れたのか、あるいは聞き入れられなかったのか……。

やがて控室の扉が、ガチャリと音を立てて開いた。

入り口に立っていたのはバッシュだった。

バッシュは控室に一歩足を踏み入れると、

「む」

と、小さな声を上げた。

同時に、ガシャンと音を立てて、肩当てが落ちた。

肩口の留め金が弾《はじ》け飛んでいた。

すね当ては壊されたのか、あるいはどこかで脱げてしまったのか、片足も裸足《はだし》だった。

それだけではない。

バッシュが右手に持つ剣もまた、半ばから折れて刀身を失っていた。

「あぁ……」

プリメラは、安堵《あんど》するような、それでいて申し訳ないような気持ちで、バッシュを見上げた。

負けたのだ。

自分の未熟な武具のせいで。

「負けたんだね？」

「ああ」

バッシュは、明らかに今までにない、落胆した口調で頷《うなず》いた。

しかし、これでよかったのだとプリメラは思った。

バッシュには悪いが、自分は未熟だった。

武器も防具も、完璧からは程遠いどころか、他の闘技者の着けていたものと比べれば、玩具《おもちゃ》のようなものだった。

優勝していいはずがなかった。

自分が、そんな栄誉を受けていいはずがなかった。

準優勝という結果も、決してプリメラにとって順当ではないが、それでも優勝よりはよかった。

ほっとした。

「ごめんなさい」

「……仕方あるまい。ドンゾイの気迫は本物だった。俺も本気で当たらねば、誇りに傷が付く」

同時に、悔しくもあった。

もし自分が、もっといい武具を打てていれば……。

バッシュが本気を出しても耐えうるような、最高の武具を打てていれば……。

そう思わずにはいられなかった。

自分がもっと熟達であれば、バッシュにこんなことを言わせずに済んだのだ。

「これから、どうするの？」

「そうだな……他の町に行くだろう」

バッシュとしては、別にこの町で嫁探しを続けてもよかった。ドワーフの町は、どれだけ粉を掛けても問題ないのだから。

だが、武神具祭《ぶしんぐさい》という、最大にして確実なチャンスをふいにしてしまった。

なら、この町に拘《こだわ》る理由もない。

なにせ、この町にいるのは大半がドワーフ。悪くない女もいるが、基本的にバッシュの好みには合わないのだ。

「そっ……か……」

プリメラはそれを聞いて、下唇を噛《か》んだ。

自分の力不足で優勝できなかった。となれば、試合前にした約束も反故《ほご》だろう。

　プリメラとしては複雑な気持ちだ。

　ホッとしていると同時に残念な、さりとて優勝したらという約束を、自分から曲げるのも何かおかしい、そんな気持ちだ。

「すぐに出るの？」

「ああ。もうここに用はないからな」

　バッシュはそう言うと、踵《きびす》を返した。

　この後、プリメラの家に置いてある剣を回収し、また旅に出るのだろう。

「なぁ！」

　そんなバッシュの背中に、プリメラは声を掛ける。

　ここで簡単に行かせてはダメだと、プリメラの中の何かが叫んでいた。

　だからプリメラは意を決した。

　かなり段階を飛ばした言葉であることを自覚しつつも、言い放った。

「あたしに……一生、あんたの武器を打たせてくれないか⁉」

　それは、ドワーフ流のプロポーズであった。

　生涯を共にする戦士の武器を作る。戦場で命を預ける相棒になってくれ。

　そんな意味を込めた、戦時中のドワーフの言葉。

平和な時代が続けば、また違う言葉も生まれただろうが、戦争が終わってまだ三年。

プリメラはこれしか知らない。

「間に合っている」

そしてもちろんバッシュも、そんなプロポーズの言葉は知らない。

あるいはもしここに口うるさいフェアリーの一匹でもいれば、「今の！　もしかして脈があるかもしれないっす！」と騒ぎ立てたかもしれないが……。

残念ながら、ここにゼルはいなかった。

「そっか……そうだよな……あんたほどの人が、あたしなんか……」

肩を落とし、力なくうなだれるプリメラに、バッシュはやや居心地が悪い。

自分が敗北したせいで美少女が落ち込んでいるのだから、当然だ。

さて、どうしたものか。慰める言葉でも口にすべきか。

「……もし、今の剣が折れることがあったら、頼む」

悩んだ末、バッシュが口にしたのはそんな言葉だった。

「……！　わかった！　それまで、ちゃんと、あんたが満足できる剣を打てるようになっておくよ！」

プリメラは顔を上げ、コクコクと何度も頷いた。

バッシュが発した言葉はイマイチわからなかったが、それでもチャンスはあるのだと教えられたと思って。

「ではな」

「うん……」

そうして、プリメラはバッシュの背を見送った。

自分のわがままに付き合いながら、最後まで文句の一つも言わず、本当に大切なことを教えてくれた偉大な男の背を……。

「ありがとう……あたし、頑張るよ……」

一人になった控室で、プリメラは決意を新たにするのであった。

◆　◆　◆

「旦那ー！　お疲れ様っしたぁ！　いやー、まさか旦那が負けるとは！　でもでも、実力で言えば旦那が圧倒してたっすよ！　ルールがある試合だから、これも仕方ないっすよね！　ドンゾイの旦那もかなりこのルールでやり込んでたみたいっすし！　となれば勝負は時の運ともいいますか！　ぶっちゃけ、あのまま続けていれば旦那の勝ちでしたし、たまには勝ちを譲ってやるのも旦那の器といいますか！」

バッシュが控室の外に出ると、ヨイショが襲ってきた。

ヨイショはバッシュの周囲を旋回しつつ褒《ほ》め称《たた》え、かつ慰めるという高等テクニックを駆使し、最後にはバッシュの肩に抱きついた。

ゼルであった。

「でも残念っすね。鎧《よろい》がもう少し丈夫だったら優勝できたのに……」

「そうだな。だが、俺に勝利したことでドンゾイの名誉も回復しただろう。大手を振って国に帰れるはずだ」

「ドンゾイの旦那、勝てると思ってなかったせいか、呆然《ぼうぜん》としてたっすけどね……」

ゼルは観客席で試合を見ていた。

ちなみにドンゾイがバッシュと同じ部隊だった、という情報を流したのもゼルだった。

「次はどうするんすか？　この町で女探しの続きをするっすか？」

「いや、別の町に行く」

「んー……」

ゼルも、このドバンガ孔《こう》で嫁探ししているバッシュの顔色が優れないのは知っていた。

少なくとも、ヒューマンの町や、エルフの町にいた頃は、もっと期待と希望と情欲に満ちた目で、道行く女たちを見ていた。

嫁候補を探している時も「悪くはない。悪くはないが……」と微妙そうな顔が多かった。

なんなら、ぶっちゃけプリメラの胸の谷間を見ている時が一番嬉《うれ》しそうであったと言えよう。

やはりドワーフは好みではないのだろう。

思えば、敗北し、闘技場から出てきてからも、それほど残念そうな顔はしていなかった。

期待がいつもより小さかった分、落胆も小さかったということだろう。

「ま、そっすよね」

それならば、こんな町からはとっととおさらばした方がいい。

バッシュにふさわしい女は、もっと他にいくらでもいるのだから。

「でも、次はどこに行くっすかね」

と、その時、バッシュの前に立ちふさがる影があった。

「バッシュ様！」

金属の鎧に幅広の剣。

似たような格好の者が多い中で、少々毛色の違う顔立ち。

トカゲの頭をした青年。タイドナイルだ。彼は目から涙をボロボロ流しつつ、バッシュの手を取った。

「先程……先程、全ての奴隷が、解放されました……！」

「……？　そうか」

「自分、ウッ……グスッ、自分は、感動しちまって……なんで、ウッ、バッシュ様ともあろう方がこんな祭りに参加してるのかって、それがあんな……あんな……自分、奴隷になりかけた経験もあるから、ウオェ……最後の一戦だって……グジュ……」

「むぅ……」

タイドナイルの話は、嗚咽《おえつ》がまじりすぎているせいもあって、いまいち要領をつかめなかった。

だがどうやら、このトカゲの青年は、バッシュが優勝した時に何を望んでいたのかを知ってしまったらしい。

幻滅してしまったのだろう。

オークの英雄《えいゆう》ともあろう者が、女ひとりに不自由していると知って。

「あの、バッシュ様、この後どうするんですか？」

「うむ。とりあえず、この町は出ようと思っている。まだ次に行くべき場所の情報はないが……」

「行くべき場所の情報がない!?　それだったら、自分たちの村に来てほしいです！　絶対、みんな歓迎しますよ！」

タイドナイルは食い気味にそう言うが、バッシュは苦い顔をした。

リザードマンはオークと仲のいい種族だ。

フェアリーと違い、戦争中に組んでいたわけではないが、水場での戦いを得意とするリザードマンが作戦に絡《から》むことは多かった。

バッシュ自身、別にリザードマンに対して悪い印象を持っているわけではない。

戦友として肩を並べるのは頼もしいと思っている。

「いや、物見遊山《ものみゆさん》の旅ではない。寄り道はできん」

「そう……ですよね……」

だが、今回の旅の目的を考えると、首肯はできなかった。

というのも、リザードマンは、オークにとって醜い種族なのだ。ドワーフ以上に。

少なくとも、性交の相手としてふさわしいと思う者は、相当な物好きだけだろう。バッシュとしても、リザードマンを嫁とし、子作りをするのは勘弁してほしかった。

仮にバッシュの求婚を受けてくれる女がいたとしても、だ。

「今回のようなことがあれば、そこに行きたいのだがな」

「今回のような……」

タイドナイルは首をひねる。

生憎《あいにく》と、オークが奴隷になっているような話は聞かない。

しかし、今回のような、という単語で『祭り』というワードが連想された。

「あ！」

「何かあるのか？」

「いや、これ、バッシュ様には関係のない話だとは思うんですけど」

「うむ？」

「ビースト国の第三王女イヌエラ様と、エルフ国のトリカブト様の婚約が正式に決まったそうで、ビースト国はお祝いでお祭りムードみたいですね」

「そうなのか」

本当に関係のない話だった。

バッシュは肩を落とした。

だが、そう思ったのはバッシュだけ、ゼルはピンときていた。

「旦那……ソレっすよ！」

「なに？」

「ちょっとお耳を拝借！」

ゼルはささやく、妖精の囁《ささや》きだ。今まで様々な種族がこの囁きを真に受けて、ひどい目にあってきたとされている。

バッシュにとっては、単なる戦友の言葉だが。

「人って、他の誰かに何かいいことがあると、つい羨ましくなったり、真似《まね》したくなっちゃうものじゃないっすか？」

「うむ」

思い返すのはエルフの国での出来事。

バッシュがプロポーズに失敗した裏で、『息根止め』は見事にエルフの嫁をゲットしていた。

羨ましい限りであった。

真似したくないと言えば嘘《うそ》になる。

エルフは一夫一妻制であるがゆえ、断念したが……。

「多分、ビーストの国でも似たようなことが起こると思うんすよ」

「つまり？」

「もう、鈍いな旦那は！　いいっすか、王女様が結婚したってことは、それをきっかけに、ビースト国でも異種族との婚活ブームが起こるってことっすよ！」

「！」

異種族との婚活ブームがこれから起こる。

確かに言われてみると、そんな可能性もありうるのか。

バッシュはゼルを見た。

このドヤ顔で胸を張る妖精の情報収集能力と、収集した情報から敵の目的を察知する能力を、これほど頼もしいと思ったことはなかった。

「ゼル。お前がこの旅に同行してくれてよかった」

「へへ、水臭いことといいっこなしっすよ！」

バッシュの肩を、ゼルがペチンと叩《たた》いた。

バッシュはゼルに改めて感謝すると、タイドナイルの方に向き直った。

「情報に感謝する。ビースト国に向かってみようと思う」

「……」

タイドナイルは首をかしげる。

ただ、今のナイショ話を鑑《かんが》みるに、何か理由があってのことだろうと勝手に推測した。

なぜなら、今話しているのはあのバッシュ。

ドワーフ国に囚《とら》われたオークの奴隷を解放し、誇りを守りきった、真の英雄なのだから。

「わかりました！　自分の情報がお役に立ったようで何よりです！」

「いずれ、この旅が終わった時には、お前の村にもお邪魔しよう」

「はい！　その時には、村を挙げて歓迎します！」

「ではな！」

「はい、お達者で！」

こうして、バッシュは旅に出る。

一路、ビーストの国を目指して。

◆　◆　◆

ドワーフの国、ドバンガ孔は、その後何日も武神具祭の話でもちきりだった。

戦後ずっと囚われていたオークの奴隷たち。

自由と誇りを取り戻すべくもがき続けた、一人の奴隷戦士。

彼らを救い出しにきたのは、一人のオークの英雄。

英雄は戦鬼の娘の力を借り、武神具祭で上り詰め、奴隷戦士と相対した。

英雄は戦士に試練を与え、戦士は試練を乗り越えた。

かくして戦士は自由と誇りを取り戻し、国へと帰っていったのだ……。

そんな詩が酒場の至る所で歌われ、ドワーフたちはオークの男気と誇りと、素晴らしき戦いに乾杯した。

オークの戦士を奴隷としていた商人たちは悪事を暴かれ、ドバンガ孔から逃げるように去っていった。

コロシアムは閑散とするようになったが、金儲《かねもう》けの好きなドワーフたちのことだ、いずれまた、活気を取り戻すことだろう。

「でもよ」

さて、酒場でドワーフたちがその話をする時、二つの疑問が浮かび上がる。

一つは英雄の顚末《てんまつ》。

闘技場で戦士に勝ちを譲った彼は、こつ然と姿を消してしまった。

解放された戦士たちを国に送り届けるわけでもなく、ドバンガ孔に残るわけでもなく、いなくなってしまった。

とはいえ、その頃にはシワナシ森での一件もドバンガ孔に届いていたため、「英雄のことだ。オークの誇りを守るべく、次の地に向かったのだろう」と、当たらずとも遠からずといった結論が出る。

「戦鬼の娘って、あのプリメラのことだろ？　あの鼻っ柱だけが強い小娘が、英雄に力を貸せたとは、到底思えねえんだがなぁ？」

もう一つは、英雄に力を貸したプリメラの話だ。

「いや、それがな、プリメラの鼻っ柱を折ったのも英雄バッシュよ。真の英雄に諭されてプリメラも心を入れ替えたって話だ」

「本当かぁ？」

「あぁ。それが証拠に、プリメラは大嫌いだったバラバラに弟子入りしたじゃねえか。いや、弟子入りどころじゃねえ、毎日のように怒鳴られても、一言の文句も言わず、黙々と作業してるって話だ。その熱意たるや、こないだ酒場でバラバラが『俺もうかうかしてられんな』なんて口走ったほどだ。あのバラバラドバンガが、だぜ？」

「はー……よっぽど英雄に当てられたんだろうなぁ……」

そう、プリメラはバッシュとの約束を守るべく、ドバンガ孔で最も優れた鍛冶師であるバラバラドバンガに弟子入りした。

今までのように他者と比べたり、自分を大きく見せるようなことはせず、脇目もふらずに鍛冶修行に勤《いそ》しんでいる。

まだ、彼女の「母親の血が悪い」と言う者もいる。

だが英雄に力を貸し、なお努力を続ける彼女自身を悪く言う者は、かなり少なくなった。

「お、噂《うわさ》をすれば」

そんな彼女は、三日に一度は酒場を訪れる。

ドワーフと言えば、毎晩酒を飲み、酒を飲んだ後もまた鍛冶仕事をするものであるが、彼女は三日に一度だ。

一人では来ない。

必ずといっていいほど、一人の女性を連れてきていた。

「っと、カルメラの姉御も一緒じゃねえか」

「最近はな」

プリメラが、最初にカルメラの元を訪れたのは、武神具祭が終わった翌日のことだった。

プリメラは一本の酒瓶を片手にカルメラの工房を訪ねた。

その後、彼女がカルメラとどんな言葉を交わしたのかは、誰も知らない。

だが、ああして酒場に一緒に来て、楽しそうに酒を飲み交わす姿を見て、いつものように喧嘩《けんか》別れとなったと思う者は皆無だった。

「結局、オークの英雄《えいゆう》はドバンガ姉妹の不仲も解消しちまったってことか」

「お前にできるか？　そんなこと」

「馬鹿いえ。他にできねえことをやってのけるから、英雄ってんだよ」

二人のドワーフは笑い、両手にビールを持った。

右手の杯を持ち上げて、互いの杯に打ち付ける。

「オークの英雄に」

左手の杯を持ち上げて、互いの杯を打ち付ける。

「ドバンガの子に」

最後に両の杯を持ち上げて、万歳をするように杯を打ち付ける。

「乾杯！」

ドバンガ孔の夜は、今日も喧騒《けんそう》に包まれながら更《ふ》けていくのであった。

エピローグ

バッシュがドバンガ孔《こう》を発《た》って、一ヶ月が経《た》とうとしていた。

その間にドンゾイは他のオークたちを引き連れてドバンガ孔を出発。シワナシの森を通過し、無事にオークの国へと戻ってきていた。

帰ってきた時は大変だった。

なにせ、死んだと思っていた者たちが唐突に帰ってきたのだから。

オークキング・ネメシスはドンゾイたちを「はぐれオークが徒党を組んでオークの国に攻め入ってきた」と判断し、即座に防衛線を敷いた。

はぐれオークを許さぬ戦士たちと、長年奴隷として囚われつつも戦い続けてきた戦士たち。どちらも譲ることはなく、あわや衝突という所でドンゾイがバッシュの名を出し、場は急速に収まった。

オークの国の戦士たちは旅立った英雄の偉業を聞いて誇り高い気持ちになり、ドンゾイたちもまた自分たちを助けようとしたのがバッシュの独自の判断だったと知り、胸を熱くした。

そうしてドバンガ孔におけるオーク奴隷問題は完全に解決した。

それから一ヶ月、

「そこに来たのが我らの英雄バッシュだ！　あいつは大会に出るなり、出場者全員の度肝を抜いた！　一撃だ。全ての敵を一撃で倒し、堂々と決勝戦まで躍り出てきた！　俺たちにとっちゃ、バッシュが相手を一撃で倒すなんざ当たり前すぎて鼻毛でも抜いちまうようなことだが、連中はそうじゃねえ。特に若《わけ》ぇドワーフ共は真っ青だ。なんだあのオークは、あんな奴《やつ》がこの世にいたのかよ！　ってな。もっとも、年食ったドワーフ連中も真っ青なのは同じよ！　戦場でのバッシュを知ってる奴が、青くならねぇはずがねぇ！」

ドンゾイは、両手に酒を持ちながら、酒場で自慢話をしていた。

周囲に集まっているのは、若いオーク連中だ。

彼らはこぞってドンゾイの話を聞きたがった。

なにせ、何年もドワーフに囚われつつも、自力で脱出してきたオークの戦士だ。

バッシュほどではないが、英雄的存在とも言える。

そんな彼から、話を聞かないわけがない。

オークは自慢話をするのも好きだが、他人の自慢話を聞くのもまた好きなのだ。

「……でも、恥ずかしい話だが、俺はバッシュが来た時には誇りを忘れちまってた。早くこの状況から抜け出してえ。抜け出せるんなら、はぐれオークに落ちぶれてもいい、ダセェことでも、命令違反でも何でもやってやるって思ってた。だから、恥知らずにも、バッシュに頼みにいっちまったんだ……俺の女をやるから、決勝戦でわざと負けてくれ、ってな」

だがドンゾイの語りは、決して自慢ばかりではなかった。

どちらかと言えば、いかに自分が愚かで恥知らずだったかを説明するものであった。

「えっ……そ、それ、バッシュさんはなんて？」

「当然、その場で突っぱねられたさ！　ドンゾイ、お前もオークなら欲しいものは戦って奪え！　ってな！」

「おおぉぉ！」

「それで俺も目が覚めた。確かにバッシュは強敵だ。勝てる相手じゃあねえ。でも、だからって逃げたんじゃあ、オークの名が廃る。そうだ。俺は奴隷から逃げたかったわけじゃねえ、ちゃんとしたオークに戻りたかったんだ。ちゃんとしたオークになりたかったら、取り戻すべきは自由じゃねえ、誇りだ！　ってな」

しかし、そこから誇りを取り戻していくくだりに、若者たちは震えた。

オークの自慢話において滅多にない緩急だ。興奮しないわけがない。

ドンゾイはオークでなければ吟遊詩人にでもなれていただろう。

「それで、それでどうなったんすか？」

「決勝戦で俺はバッシュと戦った！　バッシュは、さすが英雄だよな。俺に勝てる筋を残してくれていた。普通に考えりゃ手加減されてるとも言えるが、あの踏み込みは、あの殺気は本物だった。手加減はしていたが、これに負けるようならオークじゃねえから死ね、って言われてるような斬撃が轟音《ごうおん》を立てて襲いかかってきやがった！　もし俺がバッシュの言葉で目を覚ましてなかったら、確実に死んでただろうな！　だが、俺はオークらしく正面から堂々と戦った。骨が砕け、血がほとばしり、足がガクガクと震えても、盾を持ち替え、持ち替えた腕も砕け、それでも前進を続け、渾身《こんしん》の一撃を見舞った！」

その上、ドンゾイの話の内容はバッシュへのリスペクトにあふれていた。

オークの若者は全員がバッシュのことを尊敬している。

尊敬している男の活躍する話を聞いて、面白くないわけがない。

「そうして、俺たちは奴隷から解放された。けど、すげぇのはそこからだ。俺たちはドバンガ孔を出て、シワナシの森を通ってここに来た。シワナシの森、そうエルフの森だ。俺たちは半数が脱落することを決意した。なにせあのエルフの森。オーク嫌いのサンダーソニアの領地だ。戦いは避けられねえ……」

「ごくり……ど、どうなったんすか？」

「素通りよ。無論、あの狡猾《こうかつ》なエルフ共が黙っていたわけじゃねえ。俺たちが国境付近に現れた途端、軍勢を引き連れてとおせんぼしやがった！　けど、どうにも様子がおかしい。オークと見るや否《いな》や物陰から矢を射掛けてくるような連中が、どうにもまごついてやがる。挙げ句の果てには、指揮官が出向いてきやがった！　どうしたんだ？　ってな！　俺たちは拍子抜けしつつも事情を話したさ。で、バッシュの名前が出た途端、奴らは道を空けやがった！　驚きよ！　俺たちが知らない間に、バッシュは連中をすっかり屈服させちまっていたらしいぜ！」

「そういや、最近キングがなんか言ってましたね。エルフの使者が来て、感謝の印として食料を置いていったとか」

「ガハハ、食料じゃなくて女を置いていってほしいもんだよな！」

俺はすげぇ、でもバッシュはもっとすげぇんだ、あんな奴は他にいねえんだ。

そう言わんばかりの口調は、オークたちを誇り高い気持ちにさせた。

『オーク英雄《ヒーロー》』バッシュは、オークの国から出ても、なお英雄としての道を歩んでいる。

オークの戦士の誇りのなんたるかを、戦争が終わってなお、多種族に見せつけている。

そう聞いて、嬉《うれ》しく思わぬオークはいなかった。

ドンゾイはバッシュについて語りつつも、思いを馳《は》せる。

「ていうか、バッシュさん、そんなことばっかりやって、女の方はどうしてるんでしょうね？　ちゃんとヤレてるのかな……？」

「バァッカ！　お前程度が心配する必要はねぇよ。ドバンガ孔でも、バッシュはちゃんと女を捕まえてたぜ！　俺はあいつがドワーフの中でもピカイチに可愛《かわい》い女と一緒にいるのを見たんだ！」

「マジすか！　さぁっすがバッシュさん！」

「エルフも、あの調子なら片手で数えられないぐらいは犯しただろうな。エルフを屈服させておいて、犯さねえわけがねえんだ」

「でも、それって大丈夫なんすか？　キングの命令じゃあ合意なき性交は禁止されてるらしいっすけど……」

「大丈夫じゃなきゃ、エルフ共が黙ってるわけねえだろ？」

「確かに！　バッシュさんぐらいになると、エルフの方から抱かれに来るってわけっすか……すげぇぜ」

「賭けてもいいぜ。あいつが旅から帰ってくる時、鎖に繋《つな》がれて腹を膨らませた女を十人以上持ち帰ってくるってな！」

「そりゃ賭けになりませんよ。俺だってそっちに賭けますもん！」

「ガハハハハ！」

酒場に笑いがこだまする。

それはオークの国では珍しくもない笑いだったが、ドンゾイにとっては久しぶりとなる、心からの哄笑《こうしょう》だった。

あとがき

皆様ご無沙汰《ぶさた》しております。理不尽《りふじん》な孫《まご》の手《て》です。

まずはこの場を借りて、『オーク英雄物語《えいゆうものがたり》』第三巻を手にとってくださった皆様への謝《しゃ》辞《じ》を述《の》べさせていただきます。

皆様、本当にありがとうございます。


今回も元気に三巻を書くきっかけでも書こうかと思いましたが、思えば一巻二巻と続けてきっかけばかり書いてきました。二度あることは三度あると申しますが、同じことを三度も続けては芸がない。

というわけで、近況報告の方でいかせていただきます。

時は二〇二一年。世界は例のウィルスに侵食《しんしょく》され、滅亡《めつぼう》の危機にひんしております。

事の発端は、例のウィルスの変異《へんい》株がオメガに到達し、その後星座の名前を借りて後、八度の変異を経てヴァルゴと命名された時……いえ、あえて言うならジェミニの時からその前兆は見えていたと言うべきでしょう。

ジェミニ株はネズミと猫と犬に感染《かんせん》する能力を得たウィルスでした。

症状はとてもわかりやすく、発症後三日でそれら小動物はぐずぐずに崩れ、動く肉塊《にくかい》と化すのです。体内でウィルスが増殖しすぎた結果、肉体が変異を起こしたのだと、テレビに出ていた専門家が言っていましたが、真相《しんそう》はわかりません。

肉塊の吐き出す息には多量の例のウィルスが含まれ、空気感染で人間に……幸いにして人間に感染《うつ》った所で、従来の症状が出るだけでした。

それが変わったのがヴァルゴ株。

そう、ヴァルゴ株は人間の脳に感染し、脳を肉塊化、そのままその人間を操り、他の人間を感染させるような行動を繰り返すのです。

世界がヴァルゴ株の存在に気づいた時には、すでに手遅れでした。

世界中の主要な都市ではヴァルゴ株に感染した人間が溢《あふ》れ、完全に世界が崩壊しました。

残った人間は、全員がガスマスクを着け、地下に潜りました。

もはや地上は完全に例のウィルスの支配下にあったからです。

それから長く苦しい時期が続き、私達は一機の宇宙船を発見しました。

詳しいことはわかりませんが、例のウィルスが感染し始めた頃から作られていたものだそうです。用途は不明ですが。

とにかく、私は百十二人の生き残りと共に宇宙船に乗り、地球を脱出しました。

それから長い時を冷凍睡眠で過ごし、今はヒルベルト銀河みさき星系のドロスという惑星に到着し、そこで暮らしています。

銀河や星系、惑星の名前は、それぞれ乗員の名前を付けました。

そんなドロスでの生活における私の役目は、娯楽《ごらく》小説を書くこと。ファンタジーばかり書いてきた私でしたが、皆様が欲《ほっ》したのは、歴史ものや現代ものでした。皆、地球の思い出に飢《う》えていたのでしょうね。

ただ、ミステリーはあまり好まれませんでした。宇宙船内での不和《ふわ》が思い出されるからでしょう。例のウィルスが人の天敵《てんてき》となった今でも、やはり人は人の天敵たりえたということです。ドロスに着く頃に、乗員は五十人近くまで減っていましたが、そのほとんどは人と人との争いで死んだものです。

惑星ドロスでの生活は、ささやかながら希望に満《み》ち溢れたものでした。

家を作り、畑を作り、動物を捕まえ家畜《かちく》とし、少しずつ生活圏を広げていきました。

惑星ドロスに天敵はおらず、我々人間が、なんとか人口を増やす目処《めど》を立て始めた頃、それは起こりました。

空から、一つの肉塊が降ってきたのです。

それは、私達が見慣れた姿をしていました。そう、ヴァルゴ株に感染した人の姿です。

もっとも、その時が何株だったのかはわかりません。きっと例のウィルスも進化していたでしょうから。彼らの感染力には驚かされるばかりです。

彼らは体中にできた瘤《こぶ》から何かを吐き出しつつ、人々に襲いかかりました。

あとは、皆様のご想像の通りです。

人々は作りかけのコロニーを放り出して、散り散りになりました。

私は何人かと一緒に逃げていましたが、気づいたら一人でした。

あれから何日経《た》ったのかはわかりません。今は、コロニー内に作ったシェルターの中で、一人で生きています。

ただ、そんな不幸の中で一つだけ良《い》いことがありました。

皆のために小説を書かなくてよくなったのです。歴史ものや現代ものを書くのは嫌いではなかったのですが、肩の荷が下りた気分でした。

だから私は、例のウィルスが蔓延《まんえん》し始める前に書いていた『オーク英雄物語』の続きを書き始めました。

そうして書けたこの三巻を、超時空通信によって地球のインターネットに送り込んでいます。

地球に一体どれほどの人間が生き残っているのかわかりませんが、もしこの小説を見かけた方は、楽しんでいただけたら幸いです。

私は、三巻が無事に書けたという所で、シェルターを出て食料を探しにいってきます。

中に残っていた携帯食料もわずかなので、動けるうちに動いておかなければなりません。

帰ってきたら、続きを書こうと思います。


と、長くなりましたが……。

今回も素敵なイラストを描いてくださった朝凪《あさなぎ》さん、『無職転生《むしょくてんせい》』の仕事のせいで注力できず、多大なご迷惑をお掛けしております編集Kさん、その他、この本に関わってくださった全ての方々。また、なろうの方で更新を待っていてくださる読者様方。

今回も本当にありがとうございました。

私が生きて戻れたら、四巻でお会いしましょう。

理不尽な孫の手

富士見ファンタジア文庫

オーク英雄物語《えいゆうものがたり》3
忖度列伝《そんたくれつでん》

令和3年11月20日　初版発行
令和5年2月15日　再版発行

著者――理《り》不《ふ》尽《じん》な孫《まご》の手《て》

発行者――山下直久
発　行――株式会社KADOKAWA
〒102-8177
東京都千代田区富士見2-13-3
0570-002-301（ナビダイヤル）
印刷所――株式会社KADOKAWA
製本所――株式会社KADOKAWA

※定価はカバーに表示してあります。
●お問い合わせ
https://www.kadokawa.co.jp/（「お問い合わせ」へお進みください）
※内容によっては、お答えできない場合があります。
※サポートは日本国内のみとさせていただきます。
※Japanese text only

ISBN978-4-04-074184-0 C0193 ◆◇◇

天上優夜《てんじょうゆうや》
異世界で
レベルアップした結果、
最強の身体能力を
手に入れた少年
この少年
すべてが
シリーズ好評発売中！

チートすぎる

異世界でチート能力《スキル》を手にした俺は、現実世界をも無双する

～レベルアップは人生を変えた～

I got a cheat ability in a different world, and became extraordinary even in the real world.

著：美紅
イラスト：桑島黎音

幼い頃から酷い虐めを受けてきた少年が開いたのは『異世界への扉』だった！　初めて異世界を訪れた者として、チート級の能力を手にした彼は、レベルアップを重ね……最強の身体能力を持った完全無欠な少年へと生まれ変わった！　彼は、2つの世界を行き来できる扉を通して、現実世界にも旋風を巻き起こし――!?　異世界×現実世界。レベルアップした少年は2つの世界を無双する！

ファンタジア文庫

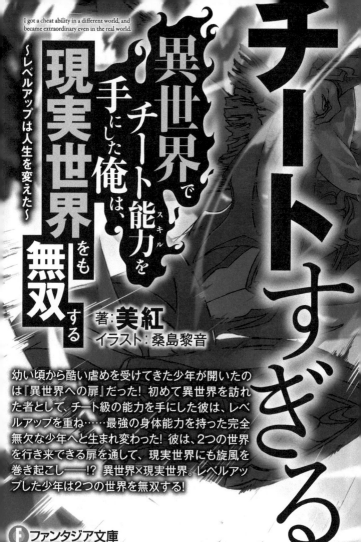

その男、
アード
元・最強の《魔王》さま。その強さ故に孤独となってしまった。只の村人に転生し、友だちを求めることになるのだが……？
ジニー
いじめられっ子のサキュバス。救世主のように助けてくれたアードのことを慕い、彼のハーレムを作ると宣言して!?
イリーナ
正義感あふれるエルフの少女（ちょっと負けず嫌い）。友達一号のアードを、いつも子犬のように追いかけている
神話に名を刻む史上最強の大魔王、ヴァルヴァトス。
王としての人生をやり尽くした彼は、平凡な人生に憧れ、
数千年後、村人・アードへと転生するのだが……
魔法の力が劣化した現代では、手加減しても、アードは規格外極まる存在で!?　噂は広まり、嫁にしてほしいと言い寄ってくる女、次代の王へと担ぎ上げようとする王族、果ては命を狙う元配下が学園に押し掛けてくるのだが、
そんな連中を一蹴し、大魔王は己の道を邁進する……！

ファンタジア文庫
すべてを蹂躙《じゅうりん》する。
史上最強の大魔王、村人Aに転生する
The Greatest Maou Is Reborned To Get Friends
下等妙人
イラスト／水野早桜
シリーズ好評発売中!

その剣《つるぎ》
WEBで圧倒的人気の
剣戟無双ファンタジー!
シリーズ
好評発売中!!
月島秀一
illustration もきゅ
一億年ボタンを連打した俺は、
Ichiokunen Button wo Renda
shita Oreha,Saikyo ni natteita
気付いたら最強になっていた
～落第剣士の学院無双～

STORY

周囲から『落第剣士』と蔑まれる少年アレン。彼はある日、剣術学院退学を賭けて同級生の天才剣士と決闘することになってしまう。勝ち目のない戦いに絶望する中、偶然アレンが手にしたのは『一億年ボタン』。それは「押せば一億年間、時の世界へ囚われる」呪われたボタンだった!?　しかし、それを逆手に取った彼は一億年ボタンを連打し、十数億年もの修業の果て、極限の剣技を身に付けていき――。最強の力を手にした落第剣士は今、世界へその名を轟かせる!

十数億年の重み

ファンタジア文庫

切り拓け！キミだけの王道
ファンタジア大賞
原稿募集中！
賞金
《大賞》300万円
《金賞》50万円
《銀賞》30万円
選考委員
細音啓「キミと僕の最後の戦場、あるいは世界が始まる聖戦」
橘公司「デート・ア・ライブ」
羊太郎「ロクでなし魔術講師と禁忌教典《アカシックレコード》」
ファンタジア文庫編集長
前期締切 8月末日
後期締切 2月末日
公式サイトはこちら！ https://www.fantasiataisho.com/
イラスト／つなこ、猫鍋蒼、三嶋くろね